ARNE MOLFENTER

Sieh ihn nie an

DIE ANGST IST ZURÜCK Als es dem berüchtigten Serienmörder Eric Bennett – genannt der Wolf – gelingt, aus der größten Psychiatrie der Stadt zu entkommen, wird Berlin von einer lähmenden Welle des Schreckens überrollt. Alles scheint von neuem zu beginnen. Wann wird der Wolf wieder zuschlagen? Noch immer umgibt ihn und sein letztes Opfer ein düsteres Geheimnis, denn das Mädchen wurde nie gefunden. Die neue Ermittlerin im LKA Berlin, Lucy Westerberg, steht vor einer schwierigen Aufgabe. Sie muss um jeden Preis verhindern, dass der Wolf erneut mordet. Dieser Fall ist ihre Chance zu beweisen, dass auch die grausamsten Täter gestoppt werden können. Zur Not, indem sie den Boden des Gesetzes verlässt …

Arne Molfenter wurde in Leonberg geboren. Nach seinem Studium der internationalen Politik und der Wirtschaftswissenschaften sowie seiner Ausbildung an der Deutschen Journalistenschule war er als Reporter, Redakteur und Korrespondent unter anderem in London und Berlin für Zeitungen, Fernsehsender und den Hörfunk tätig.

ARNE MOLFENTER

Sieh ihn nie an

Berlin-Thriller

GMEINER SPANNUNG

Personen und Handlung sind frei erfunden.
Ähnlichkeiten mit lebenden oder toten Personen
sind rein zufällig und nicht beabsichtigt.

Im Ehnried 5, 88605 Meßkirch
Telefon 07575/2095-0
info@gmeiner-verlag.de

1. Auflage 2019

Lektorat: Claudia Senghaas, Kirchardt
Herstellung: Mirjam Hecht
Umschlaggestaltung: U.O.R.G. Lutz Eberle, Stuttgart
unter Verwendung eines Fotos von: © Mezzalira Davide / fotolia.com
Druck: CPI books GmbH, Leck
Printed in Germany
ISBN 978-3-8392-2404-5

Für Mia, Annika und Henry.

Eins, zwei – Ich hab' den schwarzen Wolf gesehen.
Drei, vier – Er lässt die Mädchen um ihr Leben flehen.
Fünf, sechs – Leise tötet er und bringt sie fort.
Sieben, acht – Eins davon an einen unbekannten Ort.

-1-

Etwas war anders heute Nacht. Das fühlte er sofort. Ein kräftiger Luftzug war zu spüren, als er den Gang erreichte, in dem die »ständigen Gäste« ihre Zimmer hatten. So nannten die Ärzte und Pfleger die Insassen, die als extrem gefährlich galten und hier, in der Psychiatrie des Landeskrankenhauses, auf unbestimmte Zeit untergebracht worden waren. Mörder, Vergewaltiger, Männer und Frauen mit schweren Wahnvorstellungen – sie alle sollten nie wieder in Freiheit kommen, so hatten es die Gerichte im Namen des Volkes entschieden.

Heiner Abt, der Krankenpfleger, war hier seit 20 Jahren im Dienst. Kurz tippte er den Lichtschalter an, damit der gesamte Gang hell ausgeleuchtet war. Im Abstand von wenigen Sekunden flackerte eine Neonröhre nach der anderen grellblau auf. Es war lange her, seit die Wände gestrichen worden waren. Überall waren Risse zu sehen.

In dieser Nacht hatte Abt nur einen jungen Praktikanten mit in seiner Schicht, der erst vor einer Woche begonnen hatte. Gleich war es 1 Uhr morgens. Der zweite Kontrollgang stand an. Ein ruhiger Abend, es hatte keine Neuaufnahmen gegeben. Niemand verlangte nach zusätzlichen Medikamenten.

»Verdammt. Draußen ist es kalt, hier drinnen ist es fast genauso eiskalt.« Abt schüttelte sich voller Unbehagen. »Sieh mal dahinten nach, ob alles in Ordnung ist«, sagte er zu seinem Praktikanten. Der nickte stumm und verschwand in einem Seitengang. Es war eine dunkle Oktobernacht, der Regen war wieder stärker geworden, und der Wind drückte das Wasser mit solcher Wucht gegen die Scheiben, dass es sich auf dem Glas sofort in mehrere kleine Tropfen teilte. Abt ging den Gang weiter entlang. Dann sah er es.

Eines der alten Holzfenster am Ende des Ganges stand offen. Auf dem grauen Linoleumboden stand eine große Wasserpfütze. Er fluchte leise vor sich hin, als er das Fenster schloss und durch die dicken Gitterstäbe hinaus in den Garten der Anstalt sah. Er schüttelte den Kopf und rückte seinen Pflegerkittel wieder zurecht. Für eine Sekunde blitzte darunter etwas hervor. Sein junger Kollege sollte in keinem Fall mitbekommen, dass er in dieser Nacht unter seinem grünen Hemd eine Pistole trug.

Abt drückte die Taste seines Funkgerätes. »Alles ok hier. Geh schon mal weiter. Ich komme gleich. Mach' alles so, wie wir das besprochen haben. Drück' regelmäßig die Kontrollknöpfe, geh ans Telefon und lass dir nichts anmerken. Und denke immer dran: Ich bezahle dich dafür.«

»Ja, ist gut, Heiner. Ich warte gleich unten.« Dann herrschte wieder Stille.

Abt sah sich noch einmal um. Der erste Teil seines Plans war aufgegangen. Der lästige Helfer war beschäftigt. Nun kam Teil zwei. Direkt gegenüber dem offenen Fenster war das Zimmer, in dem der gefährlichste Patient der Anstalt seinen Platz hatte. Auch Heiner Abt hatte trotz seiner vielen Dienstjahre ein leichtes Schaudern verspürt, als er ihn zum ersten Mal gesehen hatte. Sein Name war Eric Bennett. Sie nannten ihn den Wolf. Über die Jahrzehnte hinweg hatte Berlin einige Serienmörder erdulden müssen. Doch wie der Wolf die gesamte Stadt durch seine Taten in abgrundtiefe Furcht gestürzt hatte, das hatten selbst die abgebrühtesten Berliner Polizisten noch nie zuvor erlebt.

Abt wusste nicht viel über ihn. Nur so viel wie alle anderen Menschen in Berlin: dass er Mädchen auf bestialische Weise umgebracht haben soll. Sie erst quer durch die Stadt gehetzt und dann mit einem Biss in den Nacken getötet hatte, bis die Mädchen verblutet waren. Die Boulevardpresse war schnell mit einem Vergleich zur Hand – er hatte es so getan, wie ein richtiger Wolf jagt, der sie erst bis an den Rand des Todes hetzt und dann eiskalt zuschlägt. Zeugen gab es damals nur wenige. Eine alte Frau, die ihm in die Augen blicken konnte, erinnerte sich an seine bernsteinfarbenen Augen. Auch deswegen hatte Eric Bennett von den Berlinern den Namen »Wolf« bekommen.

Wenige Wochen nach seiner letzten Tat war der Wolf in einer Fischerhütte am Crossinsee von einem Zimmermädchen gefunden worden. Halb verblutet, neben sich einen entsicherten und durchgeladenen Browning-Revolver. Ein Projektil steckte direkt in seinem Kopf. Der Wolf überlebte, die Polizei ging von einem Selbstmordversuch aus. Seitdem konnte er nur noch auf einem Auge sehen, sein rechtes Lid ging nur noch halb auf.

Heiner Abt wollte nicht länger warten. Er atmete kurz durch, so als ob er dadurch ein wenig seine aufkeimende Furcht abschütteln könnte. Er steckte den Schlüssel in das Sicherheitsschloss, drehte zwei Mal um und öffnete langsam die Tür. Alles war dunkel. Dort lag er: der Wolf. Er schlief und atmete schwer, als Abt das Zimmer betrat. Abt blickte ihm direkt ins Gesicht, sah die Narbe auf der linken Stirnseite von Eric Bennetts Kopf. Dort war damals die Kugel wieder ausgetreten. Bennett ächzte leise und drehte Abt den Kopf zu, der plötzlich zwei schnelle Schritte nach vorne machte und direkt ans Bett trat. Er drückte Bennett die Hände mit aller Kraft, die er besaß, auf den Rücken und dann nach oben, zog ihm Handschellen um die Handgelenke und ließ die Schlösser mit einem Ruck zuschnappen, bis das Metall den Blutfluss an Bennetts Handgelenken abschnürte. Der Wolf stöhnte leise auf. Schlagartig war er wach. Abt drückte seine beiden Arme ruckartig noch ein Stück höher. Der Wolf wimmerte erneut vor Schmerz.

»Heute Nacht ist es so weit«, zischte Abt ihm zu. »Wir fahren gleich an einen Ort, an den du dich wohl noch erinnern kannst. Die Hütte am Crossinsee. Da, wo es passierte, verstehst du?«

Eric Bennett drehte seinen Kopf auf die rechte Seite und versuchte Abt, der hinter ihm an seinem Bett stand, in die Augen zu blicken. Der Krankenpfleger ließ ihn für einen kurzen Augenblick los, er spürte genau, welche Kraft in Bennett bebte. Dann zog er seine Waffe unter dem Hemd hervor und lud durch. Mit einem leisen Klicken schob sich die erste Patrone in die Kammer. Der Wolf schien durch ihn hindurchzusehen. Er zeigte keine Reaktion und wollte abwarten.

Jetzt weiß ich, warum sie ihn den Wolf nennen. Es sind diese furchterregend bernsteinfarbenen Augen, die einen zu fixieren scheinen, dachte Abt und spürte ein stetig wachsendes Unbehagen in sich. Hatte er die richtige Entscheidung getroffen? Er musste das hier bis zum Ende bringen. Jetzt gab es kein Zurück mehr.

»Die Mädchen …«, flüsterte Bennett und drehte sich noch ein Stück weiter zu Abt, der die Pistole im Anschlag hielt.

»Was sagst du? Ich kann dich nicht hören.«

Der Wolf holte noch einmal Luft. Dann richtete er sich plötzlich auf. Für einen kurzen Moment war Abt schockiert, wie groß sein Gegenüber war, gut einen Kopf größer als er selbst, mindestens 1,90 Meter. Ein kalter Schauer lief ihm über den Rücken. Sollte er das hier wirklich alleine durchziehen?

Der Wolf schien seine aufkommenden Ängste zu erahnen. Langsam beugte er sich zu dem Krankenpfleger vor.

»Die Mädchen … Nun gut. Wenn du es denn so willst«, flüsterte Bennett. »Es wird nicht lange dauern. Und dann bist du bei den Mädchen.«

Langsam erhob sich der Wolf von seinem Bett und ging voran.

- 2 -

»Verdammt noch mal! Das darf doch nicht wahr sein!« Lucy Westerberg traute ihren Augen nicht. Direkt vor ihr stürzte ein zwei Meter hoher Turm aus Umzugskartons ein und begrub ihre geliebte grüne Wohnzimmerstehlampe, ein Erbstück ihrer Großmutter, unter sich. Glas splitterte, überall verteilten sich der Staub und die Kartons, mit Tellern und Tassen darin, platzten auf und verteilten sich klirrend auf den Steinfliesen in der Küche. An diesem noch sehr frühen Morgen war das Chaos beim Umzug in ihr neues Haus vollkommen.

Lucy Westerberg wischte sich mit der einen Hand den Staub von der Stirn, mit der anderen strich sie sich eine ihrer dunkelbraunen Haarlocken aus dem Gesicht. Ihr Pferdeschwanz hatte sich schon bedrohlich aufgelöst. Sie blickte an sich herunter, ihre Converse Chucks hatten nach nur zwei Stunden im neuen Haus einige schwarze Striemen abbekommen.

»Wo soll 'n die nächste Fuhre hin, Frau Kommissarin?«, fragte sie einer der vier Möbelpacker, die ihren LKW direkt vor der Tür geparkt hatten. Sie brachten mit ihren Sackkarren Karton nach Karton.

»Einfach alles immer da rüber«, Lucy machte mit dem Daumen eine mutlose Bewegung und deutete hinter sich in Richtung des Wohnzimmers in ihrem kleinen, weißen Altbauhaus in der Potsdamer Innenstadt. Es würde Tage, ach was, Wochen dauern, bis das Chaos vorübergehen würde. Das Wohnzimmer glich inzwischen mit den Wänden aus über 60 Kartons einem Irrgarten. Drei Gänge hatte Lucy gebaut, um später wenigstens irgendwie an die einzelnen Kartons gelangen zu können.

Und das hier sollte der Beginn eines neuen Lebens sein? Nie wieder hatte sie umziehen wollen. Nie hatte sie Köln jemals wieder verlassen wollen – aber nun war alles in ihrem Leben anders gekommen. 43 Jahre war sie alt und Oberkommissarin. Und hätten ihr Kollegen vor einem Jahr erzählt, wie sehr sich ihr Leben ändern würde, sie hätte es für unmöglich gehalten. Eins wusste sie: Würde sie den neuen Job in Berlin genauso wie den letzten in Köln an die Wand fahren, dann wäre für sie mit einem Schlag endgültig alles aus.

Ihr Mann Robert hatte sich von ihr getrennt. Er empfinde keine Liebe mehr für sie, hatte er ihr knapp gesagt, nachdem er von einer seiner Dienstreisen zurückgekommen war. Und kurz darauf folgte dann die Sache mit Lucys Kollegen. Eigentlich ein ganz normaler Einsatz. Es ging darum, die Personalien eines Verdächtigen zu überprüfen. Sie waren zur Wohnung des Mannes im Kölner Norden gefahren. Die Wohnungstür war aufgegangen, als der Mann plötzlich und ohne Vorwarnung drei Schüsse abgab. Ihren Kollegen erwischte es mit einem Bauchschuss. Er brach zusammen, während Lucy sich an die Wand duckte und nicht zurückfeuerte. Das machten ihr die Ermittler der Untersuchungskommission später zum Vorwurf. Wegducken anstatt das Feuer zu erwidern – ein schwerer Fehler, der einer so erfahrenen Polizistin niemals hätte passieren dürfen. Das wusste Lucy selbst am besten. Doch es half nichts, ihr gingen die Bilder nie mehr aus dem Kopf. Kein Tag, keine Stunde, an dem sie nicht auf irgendeine Weise daran erinnert wurde. Wochen und Monate der Gegenwehr vergingen. Es änderte sich nichts. Den wachsenden Schuldgefühlen folgten mehrere Therapien. Die Kollegen flüsterten hinter ihrem Rücken. Die Vorgesetzten schlugen eine Versetzung vor. »Wir wollen nur das Beste für Sie, Frau Westerberg«, hatten sie ihr gesagt – mit einer Mischung aus Mitleid und wachsender Ungeduld. Und Lucy nahm nach einigem Zögern und schweren Herzens schließlich an. Also zurück in ihre Heimatstadt Berlin. Eine neue Stelle als Oberkommissarin. Eine neue Rolle als alleinerziehende Mutter. Ein neues, altes Haus in Potsdam. Und seither ein nicht enden wollendes Gefühl des Verlassenseins. Ein Gefühl, das nichts im Leben so gelaufen war, wie sie es sich erhofft hatte. Nicht die Ehe. Und nicht der Job. Und manchmal auch nicht das Zusammenleben mit ihrer Tochter Helen. Das konstante Hintergrundrauschen eines verfehlten Lebens. Lucy versuchte die Gedanken aus ihrem Kopf zu verjagen.

»Hast du meine grünen Leggins gesehen, Mama?« Ihre Tochter Helen kam mit sichtbar schlechter Laune die alte Holztreppe herunter. Auf Lucys Stirn bildete sich eine tiefe senkrechte Falte.

»Glaubst du, es gibt gerade nichts Wichtigeres als deine grünen Leggins?«

Helen lief durch einen Gang der Kartons im Wohnzimmer. Um den Kopf hatte sie ein Handtuch gewickelt.

»Boah ey, chill mal, Mama. Hab' ja nur gefragt.«

Lucy verdrehte die Augen. Die typische Antwort einer 14-Jährigen. Sie konnte diese beiden Sätze nicht mehr hören.

»Was hast du da oben gemacht?« Lucy sah ihre Tochter an. Unter dem Handtuch leuchteten ein paar blonde Haarsträhnen hervor. Blonder als sonst, dachte Lucy noch, als Helen plötzlich das Handtuch abnahm und ihrer Mutter ihren ganzen Kopf präsentierte.

»Das sieht stark aus, was?«

Sie hatte sich ihre Haare wasserstoffblond gefärbt. Na wenigstens nicht rot oder grün, dachte Lucy noch, aber sie verkniff sich weitere Kommentare, zuckte kurz mit den Schultern und lächelte ihre Tochter müde an.

Die Männer mit den Umzugskisten wuchteten einen schweren alten Holzschrank in den ersten Stock.

Lucy sah aus dem Fenster in ihren neuen Garten. Da schnüffelte Tap herum, ihr schwarz-weißer Border Collie, dessen Vorderpfoten weiß und die Hinterpfoten schwarz waren und der immer so aussah, als habe er kleine schwarz-weiße Stiefel an. Er war nach den vergangenen Tagen noch genauso aufgeregt wie Lucy und Helen und musste erstmal die neue Umgebung und alle fremden Duftmarken anderer Hunde erkunden.

Plötzlich klingelte es. Helen hatte schon aufgemacht, bevor Lucy sich aus dem Wohnzimmer auf den Weg zur Tür gemacht hatte. Es waren ihre neuen Nachbarn, Fred und Antje Färber.

»Guten Morgen! Dürfen wir mit einem kleinen Begrüßungsgeschenk für unsere neuen Nachbarn hereinkommen?«, fragte Antje Färber. Ihr Mann stand direkt hinter ihr. Er trug eine, so schien es, schwere Metallplatte auf beiden Händen, über die er ein Küchentuch gedeckt hatte. Beide waren etwa Anfang 60, schätzte Lucy. Sie hatte sie vor zwei Tagen am Gartenzaun kennengelernt. Er war bereits pensioniert und früher Chemiker bei den Schering-Werken gewesen, sie war Verwaltungsbeamtin in der Potsdamer Stadtverwaltung, mit nur noch ein paar Jahren bis zum Ruhestand. Beide waren Lucy sofort sympathisch gewesen.

»Aber natürlich. Das ist ja mal ein Willkommen«, sagte Lucy. Sie freute sich aufrichtig, die beiden wiederzusehen.

»Überraschung, Frau Nachbarin«, sagte Fred Färber und zog das blaue Küchentuch weg. »Butterkuchen. Selbstgemacht. Wäre das etwas?« Er blickte Lucy mit einem erwartungsvollen Lächeln an und war sich ihrer Antwort sicher.

»Und ob. Das ist an einem solchen Tag die Rettung. Und unsere erste Mahlzeit! Helen, hol doch bitte Teller und Gabeln. Und ich mach' gerade mal Kaffee für unsere Gäste. Gehen wir doch alle in die Küche. Das einzige Zimmer, das wir schon halbwegs fertig haben und in dem wir sitzen können.«

Sie ging vor, den Flur entlang. Noch bevor sie die Küche erreicht hatte, hörte Lucy den Klingelton ihres neuen Diensthandys. Nur wenige Sekunden später ging auch auf ihrem privaten Handy eine SMS ein. Was hatte das zu bedeuten? Lucy schnappte sich ihr Diensthandy und klickte die Nachricht an. Was sie las, ließ ihr den Atem stocken:

»EILT! ERIC BENNETT ENTFLOHEN. ALLE VERFÜGBAREN KRÄFTE IN DIE ZENTRALE. SOFORT!«

-3-

Lucy rannte zum Auto, ihrem alten dunkelgrünen Landrover Defender Geländewagen. Ungeduldig suchte sie den Autoschlüssel an ihrem Schlüsselbund, ließ den Motor aufheulen und blickte in den Rückspiegel. Zügig ließ sie den Defender rückwärts aus der

Einfahrt vor ihrem Haus rollen. Als sie noch einmal nach vorne auf den Boden sah, entdeckte sie eine kleine, bunt schillernde Öllache auf dem Boden. Keine Zeit, jetzt nachzusehen, aber sie fürchtete: auch von ihrem so geliebten Auto würde es wohl bald Zeit sein, sich zu trennen.

Der Defender machte einen gewaltigen Ruck nach vorne, aus dem Auspuff drang eine schwarze Wolke. Sie gab Vollgas und erreichte schon bald die Autobahn Richtung Berlin. Knapp 20 Minuten später war sie im Westteil der Stadt. Sie fuhr vorbei an türkischen Gemüseläden, heruntergekommenen Spielhallen und den vielen Friseursalons. Dann erreichte sie das massive Haus mit fünf Stockwerken. Ihre neue Dienststelle lag in einer Seitenstraße des Tauentzien. Vor der Steintreppe stritten sich zwei Tauben um einen halben Döner, der auf der Straße lag, und pickten hektisch um die Wette die Fleischreste auf. Am Eingang mit den zwei wuchtigen Säulen hing ein tiefblaues Schild. Darauf die Aufschrift: »Polizei – Landeskriminalamt 1, Delikte am Menschen«. Es war eine vornehme Beschreibung für all die kleinen und großen Grausamkeiten, die Menschen anderen Menschen antun können, hatte Lucy noch gedacht, als sie sich in der vergangenen Woche das erste Mal ihr neues Büro angesehen hatte.

Sie hatte viel länger für die Fahrt gebraucht, als sie gedacht hatte. Eilig hetzte sie die Treppen hoch in den ersten Stock. Der große Besprechungsraum war überfüllt. Es schien, als ob wirklich jeder, der im Polizeidienst in Berlin tätig war, auch gekommen war. Einige ihrer neuen Kollegen standen auf dem Flur.

Lucy drängelte sich durch die Menge vor dem Raum. Sie ärgerte sich, dass sie anscheinend die Letzte war, die nun eintraf. Vorne im Raum sah sie die Zivilfahnder sitzen. Leicht zu erkennen mit ihren Turnschuhen, Holzfällerhemden und Freizeitjacken. Davor an den Tischen die Herren aus den obersten Etagen des Polizeipräsidiums, in dunklen Anzügen, weißen Hemden und dezenten Krawatten. Und auch das »Management« war geschlossen anwesend: So hießen die Politessen der Stadt Berlin im Polizei-Jargon. Männer und Frauen in blauen Uniformen, auf dem Rücken die Aufschrift »Parkraum-Management«. *Eine seltsame Bezeichnung*, dachte Lucy. *Was wollen die hier? Wollen sie dem Wolf einen Strafzettel ausstellen, wenn er bei seiner Flucht falsch parkt? Fehlt nur noch, dass die Schülerlotsen auch noch kommen.*

Lucy versuchte sich zu konzentrieren. Ihr Blick wanderte weiter. In der vorletzten Reihe saß jemand, der völlig aus der Reihe stach. Der Mann war ungefähr Ende 30. Er trug ein lila Hemd und ein Sakko aus schwarzem Samt mit Einstecktuch. Elegant war er, schlank und hatte schwarze Locken. Lucy wunderte sich. Jemand, der bei der Polizei arbeitete und Manschettenknöpfe trug in Weiß-Rot-Grün – der Landesfarbe Italiens und dazu lilafarbene Wildlederslipper. *Unauffällig ist anders*, dachte sie.

Vorne an der Spitze des Raumes erkannte sie ihren

neuen Vorgesetzten wieder. Kriminaldirektor Taner Sadik. Er schaute mit ernstem Blick auf alle Kollegen und hatte sich, als Lucy eingetreten war, kurz geräuspert. Beide hatten an ihrem ersten Arbeitstag kurz ein paar freundliche Worte miteinander gewechselt. Viel wusste sie noch nicht über Sadik. Nur, dass er in Berlin-Kreuzberg aufgewachsen war, dort lange als Streifenpolizist gearbeitet und nun der erste deutsch-türkische Leiter der LKA-Abteilung 1 geworden war. Seine Ernennung war noch immer für manche bei der Berliner Polizei eine riesige Überraschung. Und das in einer Stadt, in der knapp eine halbe Million Deutsch-Türken leben.

Sadik umklammerte mit beiden Händen das Rednerpult. Er sah kurz auf die Pultfläche vor ihm, dann hob er den Kopf. »Verehrte Kolleginnen und Kollegen, es ist nun seit ein paar Stunden traurige Gewissheit: Eric Bennett hat es geschafft, aus dem Psychiatrischen Krankenhaus zu fliehen. Es ist ihm gelungen, ohne nennenswerte Gegenwehr und ohne dass Alarm ausgelöst worden ist, das Gelände zu verlassen. Viel mehr wissen wir leider noch nicht.« Sadik blickte betreten auf das Pult.

»Das darf nicht wahr sein«, zischte ein groß gewachsener Polizist in blauer Uniform, der mit verschränkten Armen neben Lucy stand und nun unaufhörlich den Kopf schüttelte.

»Es kommt leider noch schlimmer, Kollegen«, fuhr Sadik fort.

»Von einem der Pfleger, der in der vergangenen Nacht Dienst hatte, fehlt jede Spur. Sein Name ist Heiner Abt. Die Fahndung nach ihm läuft.«

Die Anspannung, die im Raum herrschte, war zu spüren. Die Männer und Frauen blickten ihren Vorgesetzten fassungslos an.

Der Mann mit den dunklen Haaren und den lilafarbenen Slippern reckte sich. »Haben wir Spuren, Chef?«

Sadik machte eine lange Pause. Er blickte den Mann ein wenig hilflos an und versuchte auszuweichen.

»Das, was vor uns liegt, schaffen wir nur gemeinsam, Kollegen. Bennett ist hochgefährlich. Er ist in Berlin zu Hause. Und er hat immer im Westteil der Stadt getötet. Zwei Dinge sind also entscheidend: Er soll Berlin nicht verlassen können. Aber er soll vor allem auch nicht nach Westen gelangen.«

»Straßensperren? Personenkontrollen? Fahrzeugkontrollen, also?«, fragte der Mann.

»Der Kollege Seghetti ist ein heller Kopf.« Sadik schien dankbar, dass ihm der Mann ein paar Stichwörter lieferte. Er sah müde aus. Aber ebenso blitzte in ihm nun neue Entschlossenheit auf.

»Machen Sie aus ganz Berlin einen verdammten nervösen Ameisenhaufen. Suchen Sie nach möglichen Zeugen, befragen Sie Anwohner. Erhöhen Sie die Zahl der Streifenpolizisten und machen Sie Tag und Nacht Verkehrskontrollen. Wir wissen nicht viel. Noch nicht. Aber jeder in dieser Stadt soll sicher sein, dass wir den Wolf unbarmherzig jagen werden. Also: an die Arbeit!«

Sadik lockerte seine Krawatte. Er hatte sich in Rage geredet, auf seiner Stirn standen Schweißperlen. Dann hatte er Lucy in der Menge entdeckt und sah sie eindringlich an.

-4-

Die Wärme hatte sich gestaut, alle waren froh, dass es vorbei war, der große Besprechungsraum leerte sich zügig. Sadik ging direkt auf Lucy zu, die nun an der Tür stand.

»Kommen Sie bitte einen Moment mit in mein Büro, Frau Westerberg«, sagte er und ging mit raschen Schritten den Flur mit seinem grünen Linoleumboden entlang. Sie lief ihm hinterher, bemühte sich, ihn im Gewühl der herausströmenden Kollegen nicht aus den Augen zu verlieren. Mit seiner linken Hand deutete er auf sein Büro und ließ sie vor ihm eintreten. Knapp deutete er auf vier schwarze Ledersessel in der Ecke seines Büros und ließ sich in einen von ihnen mit einem leichten Seufzen fallen.

»Ich will, dass Sie von Anfang an im Bild sind, Frau Westerberg.« Sadik beugte sich mit dem Rücken leicht nach vorne, so als ob er Schmerzen unterdrücken wollte. »Bennett hat vor seiner Festnahme in den letzten Jahren wahrscheinlich drei Mädchen getötet. Wir sagen wahrscheinlich, weil wir beim dritten Opfer nicht ganz sicher sein können. Die jungen Frauen hatten eins gemeinsam: Die Leichen wiesen jeweils einen Biss in den Nacken auf, was zu immensem Blutverlust führte. Sein vermutlich letztes Opfer, Sophie Reinhard, tauchte nie wieder auf. Wir vermuten, dass er auch sie getötet hat. Sie ist seine Cousine und wurde kurz vor ihrem Verschwinden mit ihm gesehen. Am Crossinsee. Bennett hatte sie von zu Hause abgeholt.«

Plötzlich klopfte es an der Tür. Es war der schwarzhaarige Mann, der vorhin die Fragen an Sadik gestellt hatte. Er hatte einen Pappträger mit drei Espressobechern in der Hand. Sadik bedeutete ihm wortlos, in einem der Sessel vor seinem Schreibtisch Platz zu nehmen. Der Mann griff in die linke Tasche seines Sakkos und zog eine Packung Bacci heraus, kleine italienische Nusspralinen.

»Auch eine, Chef? Ob das vielleicht Ihrer Laune hilft? Und Sie vielleicht auch?« Er lächelte Lucy freundlich an und reichte ihr die Hand: »Enzo Seghetti, zweiter Oberkommissar im LKA. Freut mich sehr.« Lucy wollte gerade Luft holen und ihm antworten, aber dazu kam sie nicht mehr. Sadiks Miene verdüsterte sich.

»Nein, Seghetti. Keine Kohlenhydrate, kein Zucker. Eine neue Diät meiner Frau, fünf Kilo bis zur Silberhochzeit in drei Monaten. Wollen Sie mich mit Psychofolter in den Wahnsinn treiben?«

Seghetti lächelte und schwieg, er reichte die Packung auf die andere Seite zu Lucy, die zugriff.

»Und noch etwas, Seghetti. Als Ihr Vorgesetzter: Der Dresscode des Landeskriminalamts schreibt gedeckte, unauffällige Farben vor. Etwas dezenter wäre schön.«

»Ach kommen Sie, Chef. Sie wollen einem echten Italiener jetzt nicht etwa Modetipps geben, oder? Wer versteht mehr von diesem Thema als unsere Nation? Will ich wie einer dieser öligen Handyverkäufer am Kotti aussehen? Individuell. Schick. Bellezza. Das bin ich. Ganz große Klasse. So muss es sein, oder?«

»Mmhh.« Lucy sah die beiden mit einem Lächeln an. »Ich weiß nicht, ob Sie mit den lila Schuhen und dem leicht schimmernden Samtsakko nicht gerade so wie diese Leute vom Kotti aussehen. Aber davon abgesehen: Lucy Westerberg, erste Oberkommissarin seit letzter Woche für das LKA im Dienst. Gebürtige Berlinerin. Und noch ziemlich überfordert. Freut mich.«

Seghetti sah sie mit großen Augen an. »Äh. Enzo Seghetti. Äh. Ja. Auch Berliner!«

»Und hoffnungsloses Modeopfer!«, unterbrach Sadik mit einem Lächeln Seghetti, der schnell wieder versuchte, seine Fassung zu erlangen.

»Auf gute Zusammenarbeit.« Seghetti reichte Lucy die Hand. Äh. Guten Tag.«

Seghettis Augen wurden größer. Was? Das ist mein neuer Chef? Oh, Chef«, er schluckte und wandte sich erneut Sadik zu, »das ist … ähm.«

»Überraschend?«, fragte Sadik und freute sich diebisch im Stillen, dass es dem sonst so vorlauten Seghetti für einen Moment die Sprache verschlagen hatte.

»Nun gut, da Sie beide sich nun kennengelernt haben, zur Sache: Abgesehen von der Wahl seiner Schuhfarbe sind Sie, Frau Westerberg, beim Kollegen Seghetti in den allerbesten Händen. Vorausgesetzt, Sie ignorieren alle seine Modetipps. Sie beide werden einen wichtigen Aspekt bei der Jagd nach Eric Bennett zu analysieren haben. Studieren Sie die vergangenen Fälle und sehen Sie sich die Akten dazu genau an. Hat die Polizei irgendetwas übersehen? Hatte der Wolf Helfer?«

»Ist das wirklich entscheidend?« Lucy sah Sadik skeptisch an. »Oder wollen Sie uns beide erst einmal elegant aus dem Weg räumen, damit wir die Ermittlungen nicht behindern?«

»Nur ruhig, Frau Westerberg. Sie sind ganz neu wieder in der Stadt. Ihre und Seghettis Zeit kommt dann, wenn sich der Wolf tatsächlich nach Westen bewegen sollte. Dann brauche ich die, die ihre Nerven immer im Griff behalten und mit solchen Situationen professionell umgehen können.«

Lucy sah durch Sadik hindurch. Meinte er das gerade ernst? War das eine zweideutige Anspielung auf die

Gründe ihrer Versetzung von Köln nach Berlin? Sie beschloss, sich nichts anmerken zu lassen.

»Sie beide sollten diese Aufgabe nicht unterschätzen. Er ist da draußen. Und er wird, wenn wir es nicht alle gemeinsam verhindern, wieder töten.« Sadik machte eine Pause und blickte hinaus in Richtung Bahnhof Zoo. »Warum? Weil er es tun muss. Also beginnen Sie mit Ihrer Arbeit! Und zwar jetzt! Nichts wird ab jetzt leichter für uns alle werden. Aber hoffentlich wird auch nicht alles anders.«

- 5 -

Lucy und Seghetti machten sich als Erstes in die Psychiatrische Klinik auf, nachdem sie die Akte zu den früheren Mordfällen aus dem Archiv geholt hatten.

Draußen im Hinterhof stand eine Reihe von LKA-Autos. Die beiden warteten auf die Schlüssel für den nächsten freien Wagen. Sie sahen, wie ein gutes Dutzend uniformierter Kollegen mit Maschinenpistolen in einen Bus stiegen. Nach ein paar Minuten kam Seghetti mit dem Autoschlüssel. Beide stiegen ein, Lucy legte den roten Ordner mit den Akten auf ihrem Schoß ab und öffnete den Deckel. Der Verkehr war so dicht wie immer, Berlin sehnte sich in die Mittagspause, sie war sicher, dass in der Klinik einige Antworten zu finden waren. Sie blätterte die Akte durch, während Seghetti von der Seite und mit schrägem Blick auf die vergilbten Bögen starrte.

Die Mordserie des Wolfs lag knapp zwei Jahre zurück. Sein Muster war stets dasselbe gewesen: Einige Zeugen hatten ihn gesehen. Oft berichteten sie von einem schwarz gekleideten Mann, manchmal glaubten sie, dass er auch eine schwarze Mütze oder Maske getragen habe. Das erste Mädchen, das der Wolf getötet hatte, hieß Isabell Hertel. Sie war 13 Jahre alt, hatte lange blonde Haare und war schlank. Bennett hatte sie offenbar gezielt in einer Einkaufspassage in der Nähe des Gesundbrunnens ausgesucht. Er war ihr für mehrere Stunden gefolgt, quer durch die gesamte Stadt. Das belegten verschiedene Aufnahmen von Videokameras. Dann, als Isabell die U-Bahn Station Dahlem-Dorf im Westen erreicht hatte, es war inzwischen früher Abend, hatte er schließlich zugeschlagen. Die Rekonstruktion ergab, dass sie in ein Gebüsch gezogen worden war. Todesursache: Ein tiefer Biss in den hinteren Hals und mehrere Schläge auf den Kopf. Letztendlich war sie verblutet. Der Tod musste langsam und qualvoll eingetreten sein.

Lucy blätterte weiter. Das zweite Opfer folgte nur wenige Wochen später. Es war die 16-jährige Lisa Graven. Ein zierliches Mädchen, knapp 1,60 Meter groß, sie hatte lange Haare und Sommersprossen. Auch sie stammte aus dem Westteil Berlins, aus Wilmersdorf. Sie war erst Praktikantin und später Schwesternschülerin in einem Krankenhaus gewesen. Der Wolf musste sie auf dem Nachhauseweg abgepasst haben. Die Todesart ähnelte der des anderen Mädchens, aber bei Graven hatte es eine weitere, verstörende Merkwürdigkeit gegeben. Neben den Bissen in den Hals war in der Akte von den damals ermittelnden Beamten rot unterstrichen worden: »Linkes Handgelenk. Kettenartiges Muster mit dem Namen Lisa in der Mitte. Eingeritzt mit metallenem Gegenstand. Messer? Skalpell?«

Plötzlich schreckte Lucy hoch. »Ganz ruhig da hinten, Streifenhörnchen!«, schimpfte Seghetti und blickte wütend in den Rückspiegel. Direkt hinter ihrem Auto ertönte das Signalton eines Martinshorns. Der Fahrer eines Streifenwagens hinter ihnen drückte hektisch auf die Lichthupe. Lucy war so sehr vertieft in die Akte gewesen, dass sie das grelle Signal völlig überrascht hatte. Jetzt gab der andere Fahrer Vollgas und raste auf der linken Spur mit Blaulicht vorbei.

Lucy ärgerte sich über ihre Schreckhaftigkeit, sie zwang sich, langsam auszuatmen, dann sah sie sich ein paar Zeitungsausschnitte an, die der Akte beigelegt waren. Die Berliner Boulevardpresse hatte Eric Bennett schnell mit sensationellen Schlagzeilen seinen Namen verpasst:

»Unbarmherzig wie ein wildes Tier«

»Er tötet schnell und leise. Bis sie verbluten!«

»Berliner Mädchen in Angst – Der Wolf hetzt sie wieder durch die Straßen Berlins!«

Sie versuchte sich zu konzentrieren. Das dritte Opfer hieß Sophie Reinhard. Lucy sah sich ihr Foto an. Ein hübsches Mädchen, 15 Jahre alt, ihr rot gefärbtes Haar leuchtete. Als Einzige hatte dieses Opfer eine direkte Verbindung zu Eric Bennett gehabt. Sadik hatte es bereits erwähnt: Sie war seine Cousine, und beide waren am Vortag zusammen gesehen worden. Bennett hatte Sophie Reinhard mit seinem Auto, einem schwarzen Golf, zu Hause abgeholt. Zeugen berichteten, dass sie die beiden bei einem Spaziergang am Crossinsee gesehen hätten, anscheinend führten sie ein hitziges Gespräch. Ein Jogger sagte aus, dass das Mädchen mit einem Handy telefoniert habe, und er glaubte auch, einen dritten Mann gesehen zu haben, war sich aber nicht ganz sicher.

Lucy las weiter: Von Sophie Reinhard fehlte seither jede Spur. Und Bennett wurde später in einer Fischerhütte am Crossinsee gefunden. Die Kugel hatte seinen Kopf durchschlagen, mit einer schweren Kopfverletzung war er dann von einem Angler entdeckt worden und hatte nur knapp überlebt. Bei ihm gefunden worden waren Sophie Reinhards Handtasche und eine schwarze Maske. Von ihrem Schmuck, Schlüsselbund und anderen persönlichen Dingen keine Spur – auch ihr Handy, mit einer glitzernden auffälligen Hülle und den Initialen »SR« – ein Relief zusammengesetzt aus Swarovski-Kristallen – blieb verschwunden.

Die ganze Stadt sprach darüber, was am Crossinsee passiert sein musste. Auf den Schulhöfen von Berlin, in den Kindergärten und auf den Spielplätzen machte seither ein Abzählreim die Runde, mit dem sich die Kinder gegenseitig Angst machten:

Eins, zwei – Ich hab' den schwarzen Wolf gesehen.
Drei, vier – Er lässt die Mädchen um ihr Leben flehen.
Fünf, sechs – Leise tötet er und bringt sie fort.
Sieben, acht – Eins davon an einen unbekannten Ort.

Der Wagen machte einen Ruck. »Noch fünf Minuten, dann sind wir da«, sagte Seghetti und blickte zu Lucy.

Lucy nickte stumm.

»Seghetti, versuchen Sie bitte nachher unbedingt herauszubekommen, ob der Wolf irgendwelche Vorbereitungen trifft, um wieder zuzuschlagen. Kauft er sich ein Auto? Gibt es Leute, die er zu kontaktieren versucht? Und hören Sie sich vor allem bei seiner Familie, ehemaligen Mitpatienten und auch bei den Angehörigen früherer Opfer um.«

Seghetti zog seine linke Augenbraue hoch und drehte sich zu ihr. »Wow. Das ist ja total konkret. Nichts einfacher als das, Chefin.«

»Ich weiß. Aber bessere Anhaltspunkte haben wir

nicht. Und mit irgendetwas müssen wir schließlich beginnen.«

Sie sah sich noch die letzten Vermerke über Sophie Reinhard an. Inga Bennett, die Mutter des Wolfs, war, wie auch andere Familienmitglieder, intensiv vernommen worden. Auch zu möglichen Motiven ihres Sohnes. Die Familie schien unendlich zu leiden. Sophies Vater, Stephan Reinhard, hatte einen Nervenzusammenbruch erlitten und war für lange Zeit vernehmungsunfähig.

»Ist der Wolf Einzeltäter? Oder hat er doch Helfer?«, hatte jemand mit Bleistift neben die gedruckten Buchstaben in die Akte gekritzelt. Lucy schlug die letzte Seite um. Der Text brach mitten im Satz ab. Sie drehte das Blatt um und stutzte einen Moment. Auf der Rückseite waren Tintenspuren aus einem Drucker zu erkennen. Lucy blätterte zurück, ganz zum Anfang und sah sich die erste Seite der Akte an. Die Heftklammer am linken oberen Rand schien mehrfach gebogen worden zu sein. So, als ob jemand etwas herausgelöst und die Klammer dann wieder zusammengedrückt hatte. Auf einen Schlag wurde ihr klar: Teile der Akte über den Wolf fehlten. Doch weshalb?

- 6 -

Endlich hatten sie die Klinik erreicht. Seghetti drückte die Klingel an dem großen Eingangstor, die beiden eisernen Seitenflügel schwangen langsam nach innen auf – und das, obwohl sie nicht angemeldet waren. Das lag vor allem daran, dass in den Stunden zuvor schon so viele ihrer Kollegen ein- und ausgegangen waren – angefangen von der Spurensicherung bis zu den Polizisten, die den Tathergang minutengenau zu rekonstruieren versuchten.

Das Haus lag inmitten einer riesigen Parklandschaft. 1880 im Bezirk Reinickendorf war es gebaut, und ohne mit der Wimper zu zucken offiziell auf den Namen »Irren- und Idiotenanstalt der Stadt Berlin« benannt worden. Später hieß die Klinik nach dem berühmten Arzt und Neurologen »Karl Bonhoeffer-Klinik« – der Volksmund machte daraus »Bonnies Ranch«.

Hier waren sie untergebracht. Chronisch Kranke, Patienten mit Wahnvorstellungen und Menschen, die nackt durch die Straßen gelaufen waren. Manche blieben für ein paar Tage oder Wochen. Andere für immer. Lucys erster Eindruck war, dass alles hier in Zeitlupe abzulaufen schien. »Mit wem sollen wir als Erstes sprechen?«, fragte Seghetti und lief schon in Richtung der Rezeption.

»Zuerst mit dem Arzt, der Bennett betreut hat. Danach mit seinem Zimmernachbarn.« Seghetti nickte ihr zu, sprach kurz mit der Rezeptionistin und kam zurück zu Lucy.

»Der Arzt, Dr. Leonard Flemming, ist noch beschäftigt mit den Kollegen der Rekonstruktion. Kann aber nicht mehr lange dauern. Der Mitpatient, ein Mann namens Stipo Vasic, ist in seinem Zimmer, den könnten wir sofort vernehmen, sagte sie.«

»Na gut, nutzen wir die Zeit und sehen uns den Zimmernachbarn an.« Sie gingen die breite Steintreppe hoch, eine Krankenschwester und ein Pfleger mit massiven, tätowierten Oberarmen begleiteten sie. Ein ungewöhnlich dürrer Patient kam ihnen im Bademantel entgegen, eine unangezündete Zigarette im Mundwinkel, die Gesichtshaut bläulich-rot, das Haar fettig und zur Seite gekämmt. Oben im zweiten Stock schloss die Schwester ein Krankenzimmer auf. Es hatte zwei Türschlösser, das hohe Fenster darüber war vergittert. Links an der Wand war eine Toilettenschüssel montiert, ohne Brille, rechts ein weißes Metallbett. In der Mitte drei Stühle und ein Tisch. Mehr nicht. Lucy stutzte, als sie eintrat. Ein kleiner, kahl geschorener Mann lag auf dem hellbraunen Holztisch und starrte die Decke an. Als die beiden eintraten, drehte er den Kopf langsam in Richtung der Tür.

»Na so was, Besuch? Für mich? Und dann noch eine hübsche Frau mit braunen Locken«, er lächelte Lucy an. Sie sah ihm ins Gesicht, einer seiner Schneidezähne fehlte. »Wenn du's mal so richtig wieder brauchst, Süße, dann bist du hier in meinem kleinen Palast absolut richtig. Du wirst deinen Besuch hier nie bereuen.« Lucy verdrehte die Augen, schüttelte einmal kurz den Kopf, nahm sich einen der Stühle und setzte sich.

»Seien Sie bitte still, Herr Vasic. Und setzen Sie sich sofort hin. Sie wissen, warum wir hier sind. Und noch etwas: Bei der nächsten Beleidigung oder anzüglichen Bemerkung werden wir zuerst Sie und danach Ihr Zimmer komplett auseinandernehmen und alle Ihre illegalen Medikamente, Drogen und auch Ihr Handy einziehen. Sie haben verstanden?«

Vasic stutzte, damit hatte er nicht gerechnet. Einen Moment herrschte Stille im Raum, er zögerte ein wenig, aber dann setzte er sich. Seghetti fasste ihn kurz, aber bestimmt mit ein wenig Druck am Unterarm an.

»Sagen Sie uns einfach, was Sie in der Nacht, als Bennett verschwunden ist, gehört oder gesehen haben, ok?«

Vasic faltete seine Hände auf dem Schoß, dann blickte er starr auf die Tischplatte.

»Also gut. Ich habe öfters jemanden gehört, der nachts in sein Zimmer hineingegangen ist und ihm immer wieder dieselbe Frage gestellt hat: ›Wo sind die Mädchen?‹ Immer und immer wieder. Ich konnte es schon nicht mehr hören. ›Wo sind die Mädchen?‹ Auch in der Nacht, als Bennett dann geflohen ist, war das so. Er ist doch abgehauen, oder?«

Lucy und Seghetti sahen sich schweigend an. »Das werden wir Ihnen nicht sagen, Herr Vasic. Aber danke für Ihre Aussage.«

»Hey, das war jetzt alles?« Vasic sah ihnen ein wenig fassungslos hinterher.

Sie verließen das Krankenzimmer, direkt hinter ihnen schloss die Schwester wieder ab.

Seghetti sah seine Kollegin beim Herausgehen fragend an.

»Woher, zur Hölle, wussten Sie, dass dieser Vasic Drogen, Medikamente und ein Handy illegal aufbewahrt?«

»Ganz einfach. Das sind die drei heißesten Waren, an die jeder Patient oder Häftling kommen will – ob im Knast oder in der Psychiatrie. Und dass es so ist, haben Sie ja gerade bei unserem Freund in der Zelle gemerkt. Klappt eigentlich immer. Probieren Sie es nächstes Mal aus, Kollege.«

-7-

Langsam ließ er den Löffel mit dem Zucker in den Kaffeebecher gleiten. Frühstückszeit. Er rührte zwei Mal um, nahm einen kleinen Schluck. Dann biss er in das Franzbrötchen. Innen war es noch warm, an den Rändern klebte der karamellisierte Zucker, der mit jedem Biss knusperte und krachte. Es fühlte sich gut an, wieder hier zu sein. Endlich war er zurück. Im Leben. Endlich Schluss mit der unendlichen Stille da drinnen. Darauf hatte er so lange warten müssen.

Er blickte aus der weiten Fensterfront und konnte sie alle sehen. Frauen und Männer, die ins Büro hetzten, ein Postbote auf seinem schwer beladenen Lastenfahrrad. Ein LKW-Fahrer, der in zweiter Reihe parken musste, um Paletten mit Gemüse auszuladen, und sich den Zorn der Autofahrer zuzog, die nicht an ihm vorbeikamen und einen Moment warten mussten. Das Leben hatte sich nicht groß geändert in all dieser Zeit, in der sie ihn eingeschlossen hatten.

Und gegenüber des Coffeeshops, in dem er gerade auf einem der Barhocker am Fenster Platz genommen hatte, waren die zu sehen, die ihn am meisten erregten. Einige kamen mit dem Fahrrad. Nur ganz wenige liefen zu Fuß hinein. Die meisten wurden von ihren Vätern und Müttern mit dem Auto gefahren und stiegen direkt vor dem Eingang aus. Schlugen missmutig die Autotür hinter sich zu und gingen dann betont lässig auf ihre Klassenkameraden auf dem Schulhof zu. Die Eltern blickten noch ein letztes Mal besorgt ihren Kindern hinterher, winkten kurz und gaben Gas.

Er lächelte. Da brandete sie wieder in seiner Erinnerung auf: die Angst vor ihm. Bald schon würden sie alle wieder seinen Namen in den Mund nehmen. Er nahm einen Schluck Kaffee und erinnerte sich daran, dass sie sogar einen Abzählreim über ihn gemacht hatten.

Dann machte er eine Beobachtung, die ihn elektrisierte. Ein Mädchen ging am Fenster des Coffeeshops vorbei, sie hatte einen Rucksack auf den Schultern, ihre langen Haare wehten leicht im Wind. Sie überquerte die Straße und ging in Richtung der Schule. Die ganze Zeit sah er ihr hinterher.

Langsam zog er den Reißverschluss seiner Jacke hoch, legte die Münzen für den Kaffee und das Franzbrötchen auf den Tresen und ließ sich dann vom Barhocker gleiten. Die Kaffeetasse war noch mehr als halbvoll. Er wischte sich die Krümel vom Mund. Es war Zeit für ihn zu gehen. Er hatte viel zu tun.

- 8 -

Nachdem sie den Patiententrakt verlassen hatten, gingen Lucy und Seghetti hinunter in den ersten Stock, um den Arzt von Eric Bennett zu befragen. Das Büro von Dr. Leonard Flemming sah ein wenig chaotisch, aber gemütlich aus. Auf drei großen Schreibtischen stapelten sich überall Akten, der Arzt saß in einem großen Ledersessel, vor sich eine Tasse mit dampfendem Kaffee. Schwarz. Schnell stand er auf und begrüßte Lucy, indem er ihre beiden Hände umfasste und kräftig schüttelte. Er hatte warme braune Augen, seine schwarzen Haare waren ein wenig zu lang und fielen fast auf die Schultern. Lucy fiel auf, dass er sehr groß war. Flemming trug ein kariertes Flanellhemd. Nicht unsympathisch, dachte Lucy, als sie sich umsah und dann Platz nahm. An einer Wand hatte er Fotos aufgehängt, von einer älteren Frau und auch eines von einem sehr hübschen jungen Mädchen. Ein Schwarz-Weiß-Bild, auch sie hatte wie er dunkle Augen.

»Sehr freundlich von Ihnen, dass Sie sich für uns Zeit nehmen, Herr Dr. Flemming. Sagen Sie uns doch zunächst, wie Sie hier als Arzt hingekommen sind?«

»Ich bin nebenher Arzt in einer anderen Klinik, aber helfe hier regelmäßig aus bei den schwierigeren Fällen. Ich habe gemerkt: Ich kann etwas tun. Es gibt Leute, die brauchen dich. Sie wissen vielleicht, was die Ärzte-Kollegen über uns sagen: Psychiatrie machen nur die, die selbst einen an der Klatsche haben. Das klingt seltsam: Aber ich mag vor allem die psychiatrischen Akutfälle.«

»Ist Bennett aus Ihrer Sicht ein besonders schwerer Fall?«

»Na ja«, Flemming zögerte einen Moment und blickte in seine Kaffeetasse. »Berlin ist die Hauptstadt der Stimmen-Hörer, der Mit-sich-selbst-Redner, der Andere-grundlos-Anschreier. Einmal von Ost nach West gefahren – zur Not reichen auch ein paar Minuten mit der U8 oder U7 – und Sie haben eine ganz gute Übersicht darüber, was es an psychischen Störungen so gibt: Schizophrenie, Borderline, Paranoia oder eine Manie. Und wer kümmert sich um diese Menschen? Das machen wir hier, und sie werden immer mehr. Aber wenn Sie mich direkt fragen: Ja, in der Tat. Bennett weist doch sehr anomale Punkte auf.«

Seghetti schaltete sich ein. »Sagen Sie uns doch bitte, wie Sie Bennett genau betreut haben.«

»Vor allem habe ich ihn medizinisch untersucht und darauf geachtet, ob seine Erinnerung wiederkehrt. Seine Kopfverletzung durch den Einschuss hatte ja zu massiven Denkstörungen geführt. Er litt unter Wahnvorstellungen und war unter ständiger Beobachtung.«

»Wie äußerten sich diese Wahnvorstellungen?«, fragte Lucy.

»Er berichtete immer wieder davon, nachts Stimmen zu hören, und dass er unbarmherzig ausgefragt werde. Aus medizinischer Sicht sind solche Schilderungen nichts Ungewöhnliches. Oft ist das als ein einziger Schrei nach Hilfe zu sehen. Diese Menschen bitten uns, oder besser Sie als Polizisten darum, sie davor zu stoppen, die nächsten Morde begehen zu müssen. Sie spüren, dass sie ganz einfach die Opfer ihrer eigenen, unkontrollierbaren Zwänge sind. Letztendlich ist dann alles auf ein Ziel ausgerichtet: Der Täter will endlich entdeckt und verhaftet werden. Nur so hat seine Qual, weiter morden zu müssen, endlich ein Ende.«

Seghetti unterbrach ihn: »Hatte Bennett denn Kontakte zur Außenwelt?«

»Nein, er war völlig isoliert. Keine Besucher. Kein Kontakt zu Mitpatienten. Die hatten alle große Angst vor ihm. Wer will schon etwas mit einem wahnsinnigen Mädchenmörder zu tun haben?«

Das Fenster hinter Flemming stand einen Spalt weit offen. Sein Büro lag in Richtung des großen Klinikparks. Plötzlich brach unterhalb des Fensters im Park wilder Gesang aus.

Flemming sprang auf und schloss das Fenster. »Entschuldigen Sie bitte. Für manche unserer Patienten ist schon jegliche Art von Lärm ein Trost.« Seghetti drückte seinen Ellenbogen leicht in Lucys Seite und versuchte mühsam ein Lächeln zu unterdrücken.

»Hat er sich auch wieder an Sophie Reinhard erinnert, seine Cousine?«

»Das scheint so, ja. Aber als sein Arzt darf ich Ihnen eigentlich ohne richterlichen Beschluss keine Details verraten.«

»Ich verstehe, selbstverständlich nicht«, sagte Lucy. »Noch eine Frage, bevor wir gehen, Herr Doktor. Wie sehen Sie Bennetts momentane Verfassung?«

»In den letzten Wochen hat er große Fortschritte gemacht. Vor allem, was seine Merkfähigkeit und Konzentration betrifft. Das macht ihn sogar noch gefährlicher.«

Lucy und Seghetti sahen sich an, dann standen beide gleichzeitig auf und verabschiedeten sich.

»Eventuell sehen wir den Doktor schneller wieder, als ihm lieb ist«, sagte Lucy, als sie die Klinik verlassen hatten. Sie erreichten den Wagen, als Lucys Telefon klingelte. Sadik war dran. Lucy nickte mehrfach mit dem Kopf, während sie ihm zuhörte. Schnell legte sie wieder auf. Seghetti war auf der anderen Seite des Wagens stehen geblieben. Er sah sie ungeduldig an. »Was ist denn? Dringend?«

»Sie haben ihn gefunden. Heiner Abt, den Pfleger. Tot am Crossinsee. Wir müssen sofort hin. Schnell!«

- 9 -

Sie waren mit Blaulicht durch die gesamte Stadt gerast, endlich hatten sie den See erreicht. Schon von Weitem konnten sie sehen, wo der Fundort sein musste. Von der Landstraße aus ging der Blick weit über das Westufer des Crossinsees. Dort, vor einer gelbbraunen Wand aus Schilfgräsern bildeten sie eine fast 100 Meter breite Reihe und gingen mit langsamen Schritten Meter um Meter voran, auf der Suche nach Spuren. Die Männer und Frauen der Bereitschaftspolizei durchkämmten das Seeufer, Abstand zum Nebenmann ein guter Meter. Ein Schritt, dann ein Abtasten mit dem langen Holzstock, dann der nächste Schritt. So hatten sie es alle auf der Polizeischule gelernt, wenn es um die Spurensuche ging, auch Lucy und Seghetti kannten die Prozedur. Alles, was zu hören war, war ein leichtes Rauschen, als sich die 100 Beinpaare der jungen Polizistinnen und Polizisten fast zeitgleich durch das tiefe Gras vortasteten. Es war ein makabres Ballett.

Seghetti steuerte den Wagen in einen kleinen mit Schotter bedeckten Feldweg, der hinunter zum See führte, vorbei an mehreren VW-Bussen und den mit blauen Drahtgittern verkleideten Mercedes-Kastenwagen der Berliner Landespolizei. Hier gab es keine Pfade für Spaziergänger, der Weg zum See war unzugänglich.

Sie fuhren zügig bis zum Ende der Straße. Den Rest mussten sie zu Fuß gehen, direkt zum Ufer. Reifenspuren schienen dort hinzuführen. Das Gras war niedergedrückt. Die Kollegen der Spurensicherung hatten alles abgesperrt. Am Ufer stand ein weißes, gut 20 Meter breites Zelt. Der mutmaßliche Tatort. Abgedeckt vor den allzu drängenden Blicken der Berliner Journalisten, die sich schon bereit machten, von den Polizisten aber zurückgehalten wurden.

»Wer zum Teufel sagt denen jedes Mal Bescheid?« Seghetti hielt, nachdem er ausgestiegen war, beide Hände in den Himmel. Lucy und er gingen wortlos an dem guten Dutzend Fotografen und Reportern vorbei, Seghetti hielt ihr das Absperrband hoch, damit Lucy darunter durchsteigen konnte. Als erfahrene Polizisten hatten beide, obwohl sie noch nichts gesehen hatten, eine klare Ahnung, was sich hinter den weißen Stoffbahnen verbergen würde. Auch der zunehmende Geruch sorgte dafür. Es roch betäubend. Süßlich. Stechend. Wer diesen Geruch einmal in der Nase hatte, so hatte es damals einer von Lucys Ausbildern gesagt, der vergisst ihn nie wieder. Und sie fand, er hatte recht behalten. Seghetti hatte sich sein rosa Einstecktuch vor die Nase gehalten und reichte ihr eines seiner weißen Stofftaschentücher. Beide suchten den Eingang des Zeltes. Mit einer Hand schob Seghetti die Plane zur Seite und ließ Lucy den Vortritt. Dann ging er hinter ihr ins Innere.

Das Zelt hatte sich durch die Herbstsonne aufgeheizt. Im Inneren stand ein schwarzes Auto. Der Geruch war fast unerträglich. »Mein Gott, der Kollege Wegner. Wie kannst du hier seelenruhig drinsitzen und mit dem Smartphone deine Tinder-App bedienen und das Internet nach neuen Frauen absuchen?« Seghetti sah seinen Kollegen von der Spurensicherung gespielt entrüstet an. »Sobald die herausfinden, was du beruflich machst, rennen die doch sowieso voller Angst alle davon. Ganz davon abgesehen, dass dein Beruf, na ja, wie soll ich's sagen, ja auch eine starke Geruchskomponente hat. Darf ich vorstellen? Frau Westerberg. Das hier ist Jürgen Wegner, LKA, Spurensicherung.«

»Oh, Seghetti. Du hast so etwas natürlich nicht nötig, ist schon klar. Guten Tag zusammen«, sagte Wegner, er war leicht errötet und steckte sein Smartphone in die Hosentasche. Er richtete sich an Lucy und zeigte auf den Wagen. »Kein schöner Anblick. Sie sehen ja selbst. Mann, circa Ende 40, glatter Durchschuss durch den Kopf. Ein weiterer Schuss in den Bauch.«

Lucy und Seghetti sahen zwei Beine aus dem Kofferraum des schwarzen Autos ragen. Der Kofferraum war über und über mit Blut gefüllt, das langsam geronn. Fette, schillernde Fleischfliegen saßen auf den sich eindickenden Blutpfützen.

»Vergleichen Sie die Fotos, Seghetti. Da gibt's keinen Zweifel«, sagte Lucy. »Das ist Holger Abt, der Pfleger.«

Sie sah sich den Leichnam genauer an. »Teure Kleidung, was? Sie kennen sich doch damit aus, oder?«

Seghetti wusste nicht, ob er sich in dieser Situation geschmeichelt fühlen sollte. Er ging, das Taschentuch nun mit beiden Händen vor dem Mund, ganz nah an den Leichnam heran.

»Kann man wohl sagen, der Mann trägt eine Dolce und Gabbana-Jeans, ein Versace-Hemd und handgemachte, rahmengenähte Schuhe.«

»Ungewöhnlich, oder?« Lucy ging zur Fahrertür. »Und was ist noch seltsamer, mein lieber Kollege?« Seghetti zuckte mit den Schultern.

»Ich sag's Ihnen. Dass ein Krankenpfleger einen schwarzen Porsche Cayenne Turbo steuert. Falls das hier sein Auto ist. Mit Sonderausstattung und getunt. Mit innenbelüfteten Aluminiumbremsen. So etwas bekommen Sie bei keiner Berliner Autovermietung, das kann ich Ihnen sagen.«

»Respekt, Frau Westerberg. Da spricht die Fachfrau für Automobile.« Seghetti schnalzte kurz mit der Zunge, es war ein ehrliches Zeichen seiner Anerkennung.

»Ein Krankenpfleger, der Designerkleidung trägt und in einem Porsche Cayenne unterwegs ist? Mehr als seltsam. Ich sehe mich mal draußen kurz um.«

Lucy war froh, das Zelt schnell wieder verlassen zu können. Sie sog die frische Herbstluft in sich ein. Abt war nur wenige Meter vom Seeufer erschossen worden. Sie hatte kaum Zweifel: Nach all den Jahren war der Wolf zurückgekehrt. Dorthin, wo er wahrscheinlich seine Cousine Sophie Reinhard getötet hatte. Aber was wollte er hier mit Abt?

Sie lief ein paar Schritte in Richtung des Seeufers. Weit draußen auf dem See saßen zwei Kormorane auf einem abgestorbenen Baumstumpf und spannten ihre Flügel aus, um sie zu trocknen. Als sie weiterging, hielt sie einen kurzen Moment inne. Was blinkte da im Gras? Das Sonnenlicht, das wieder für einen Moment durch die Wolken brach, schien auf einen Gegenstand, der jeden einzelnen Strahl intensiv reflektierte. Lucy beugte sich hinunter. Im Gras sah sie einen regenbogenfarbenen Blinker mit zwei gewaltigen Haken, an einem hing noch ein vertrockneter Mehlwurm. Der Tau hatte den Blinker mit winzigen Wasserperlen überzogen. Auch das ließ ihn so intensiv schillern. Sie ging weiter, am Ufer des Sees entlang. In die Richtung, in der die Bereitschaftspolizisten noch nicht gesucht hatten.

Plötzlich trat sie auf etwas, es war hart und kantig. Vorsichtig zog sie den Fuß weg. Vor ihr lag ein massiver Schlüssel aus dunklem Metall. Er sah schon älter aus. An dem Schlüssel war ein Anhänger aus Leder befestigt. »Segelbootverleih Wannsee«, war darin eingeprägt. Lucy nahm ihn vorsichtig in die Hand und hielt ihn hoch. »Seghetti! Schnell! Hier hin!« Als sie den Anhänger sanft berührte, merkte sie, wie sich die Panik in ihr ausbreitete.

-10-

»Was ist denn los mit Ihnen, Chefin? Sie sehen total blass aus.« Seghetti kam zu Lucy angerannt. Sie hielt eine kleine Plastiktüte in der Hand. Darin hatte sie den Schlüssel mit dem Lederanhänger verpackt.

»Wir müssen sofort Sadik anrufen. Der Wolf ist bereits unterwegs in Richtung Westen, gar kein Zweifel.«

»Porca miseria! Wie wollen Sie denn das wissen?«

Lucy angelte sich ihr iPhone aus der Tasche. Es dauerte nur Sekunden, Sadik antwortete sofort.

»Es wird ernst, Herr Sadik. Bennett ist bereits auf dem Weg in sein altes Revier. Ich habe keine Zweifel. Wir haben nur ein paar Hundert Meter vom Tatort, wo Abt ermordet worden ist, einen Schlüssel mit einem Lederanhänger gefunden.«

»Und wie genau wollen Sie das wissen, Frau Westerberg? Das beweist doch gar nichts!« Sadik klang genervt.

»An dieser Stelle des Sees kommt kein Mensch vorbei. Das Ufer ist unzugänglich. In der vergangenen Nacht hatte es starken Tau gegeben. Der Anhänger hier ist aber ganz trocken. Und er stammt von einem Segelbootverleih im Westen, am Teufelssee. Entweder gehörte Abt der Anhänger oder Bennett hatte ihn schon länger. Er will wieder in den Westen, dorthin an den See. Zurück in die Gegend, wo er gemordet hat.«

Lucy hielt Seghetti den Plastikbeutel vors Gesicht.

»Was wollen Sie jetzt tun, Frau Westerberg?«, war Sadik gespannt.

»Ich weiß es doch auch nicht genau. Aber eins will ich: Sie müssen den Sperrriegel in Berlin ausdehnen, vor allem nach Westen hin. Wenn er es dort hinschafft, beginnt alles von Neuem.«

Am Telefon herrschte Stille. Sadik dachte lange nach, dann platzte es aus ihm heraus: »Sie finden einen verdammten Schlüssel auf irgendeiner Wiese und wollen große Absperrungen? Wie soll ich das denn bitte machen? Quer durch Berlin Zäune ziehen? Wollen Sie die Mauer wiederaufbauen? Na da freut sich aber die ganze Stadt. Wie viel Stau wollen Sie produzieren? 70 Kilometer auf der Avus? Lieber gleich 100 Kilometer? Und im Radio heißt es dann: ›Dieser Monsterstau wird Ihnen präsentiert von Ihrer Berliner Polizei und dem freundlichen und verständnisvollen LKA-Leiter, Kriminaldirektor Taner Sadik.‹«

»Ich weiß, Herr Sadik. Nicht leicht diese Entscheidung. Überlegen Sie. Bitte!«

»Ach, verdammt noch mal, Frau Westerberg. Sie sind hier ganz neu in dieser verrückten Stadt. Aber vielleicht haben Sie recht. Ich versuche mein Bestes.«

Er legte auf.

-11-

Es war ein langer Schultag gewesen für Ina Berger. Acht endlose Stunden hatte sie in der vorletzten Reihe gesessen, abwechselnd ungläubig ihre Lehrer oder die Tafel angestarrt. Wie sollte sie all das in ihrem Kopf behalten können? Würde es so weitergehen, sei ihre Versetzung in die zehnte Klasse gefährdet, hatte ihre Mathematiklehrerin am Morgen gezetert. Inas Stimmung war im Keller. Es war Zeit, endlich auf andere Gedanken zu kommen. Zeit, an diesem frühen Abend endlich Otello wieder zu sehen. Ihren über alles geliebten Otello.

Er war ihr braun-weißes Pflegepony, um das sie sich seit fast drei Jahren jeden zweiten Abend kümmerte, ihn striegelte, die Hufe sauber machte, ihm frisches Wasser gab und ihn fütterte. Ina kam es jedes Mal so vor, als ob sie die ganze finstere Welt vergessen konnte, wenn sie endlich bei Otello war. Auch an diesem Herbstabend war es so.

Leise pfeifend fuhr Ina mit ihrem Fahrrad vom Wohnhaus ihrer Eltern zur Koppel an den Waldrand. Wie jedes Mal würde sie gleich ein wenig lauter pfeifen, bis Otello sie hören konnte. Auch das Pony schien sich immer auf sie zu freuen und trabte ihr schon von Weitem entgegen. Aber heute war Otello noch nicht zu sehen. Ina stieg von ihrem Fahrrad ab, lehnte es gegen den Zaun und pfiff nochmal. Lauter. Und nochmal. Nichts. Sie griff sich von ihrem Gepäckträger ihre kleine blaue Tasche, in der sie einen neuen Hufkratzer und eine unbenutzte Kardätsche mitgebracht hatte, bückte sich und kletterte zwischen den braunen, hölzernen Querstangen der Pferdekoppel hindurch. Dann hörte sie Otello schnauben. Einmal. Eine kurze Pause. Und noch ein zweites Mal. So, als versuchte er irgendetwas loszuwerden.

Sie blickte auf den Waldrand. Dort, kurz vor den Bäumen, schien sich der Abendnebel zu sammeln. Wie früh es doch um diese Jahreszeit schon dämmerte. Sie sah kaum noch die Baumstämme, so dicht schienen sich die kleinen Nebelwolken zusammenzuballen. Auch die Brombeersträucher waren beinahe unsichtbar, nur einige der oberen Äste ragten über die weißen Wände herüber, an ihnen hingen noch einige verdorrte Früchte.

Ina sah fasziniert zum Wald, der Nebel schien ganz langsam auf sie zuzurollen, fast wie in Zeitlupe. Sie musste sich beeilen. Schon bald würde es ganz dunkel werden, und wenn sie an ihren Ponytagen zu spät zurück nach Hause kam, würde Mama wieder schimpfen.

Sie zwang sich, schneller zu gehen. Der Sand, mit dem die Koppel bedeckt war, knirschte unter ihren Schuhen. Noch einmal pfiff sie, als sie die kleine Schutzhütte betrat, in der Otello und auch die anderen Pferde Unterschlupf fanden, wenn es dunkel wurde oder regnete. Der Eingang war sehr schmal, gerade einmal ein Pferd passte hindurch. Ina ging hinein, für einen Moment war sie orientierungslos und musste sich erst an das Halbdunkel gewöhnen. Zwei Haflinger standen in der Hütte, dann erkannte sie Otello. Er lag auf dem Boden hinter ihnen, die kleinen braun-weißen Vorderläufe nach vorne gestreckt. Etwas war anders, dachte sie, als sie sich an den zwei Haflingern vorbeizwängte, um sich ihr Pony genauer anzusehen. Otello schnaubte schwach durch die Nüstern. Er erschien ihr unruhig, so als ob er zutiefst verängstigt sei. Sie näherte sich ihm von der Seite, streckte ihre Hand aus und streichelte seinen Bauch. Er fühlte sich heiß an, schweißnass. Sein Atem ging flach, warum blieb er liegen und begrüßte sie nicht, wie sonst? Sie blickte nach vorne. Das Stroh, auf dem Otello lag, war dunkler als sonst. Braun gefärbt durch eine Flüssigkeit, dachte sie noch. Sie nahm ein kleines Bündel Stroh in die Hand. Dann sah sie auf die Vorderläufe ihres Ponys und konnte es kaum glauben: Beide Vorderläufe waren mit tiefen Schnitten durchzogen, aus denen das Blut quoll. Ihr kam es so vor, als ob sie die schweren Wunden pulsieren sehen konnte. Ina wollte laut schreien. Doch sie konnte nicht. Nicht mehr.

Sie griff sich an den Hals, etwas Raues, Hartes hatte sie umschlungen. Sie wollte sich umdrehen, doch sie schaffte es nicht. Sie versuchte Luft zu holen, versuchte einzuatmen, doch je verzweifelter sie versuchte, Luft einzusaugen, umso weniger gelang es ihr. Sie spürte zwei Hände an ihrem Rücken, die sie umfassten, eisern, unerbittlich und die sie nicht mehr losließen. Der Druck an ihrem Hals war unmenschlich. Sie wollte schreien, wollte Hilfe holen. Für sich. Und vor allem für Otello. Doch sie war verdammt dazu, stumm zu bleiben. Ihr wurde schwindlig. Keine Luft, sie kriegte keine Luft mehr. Sah vor sich auf einmal helle Blitze und Sterne, der Sauerstoffmangel ließ sie gleichgültig werden. Alles wurde auf einmal so leicht. Sie wunderte sich über sich selbst, jetzt fielen ihr die ersten Zeilen des Gedichts ein, mit dem sie und ihre Klassenkameraden sich noch am Morgen gegenseitig aus Spaß Angst gemacht hatten.

›Ich hab' den schwarzen Wolf gesehen.‹

Sie versuchte, noch eine Hand an das, was sie zu erdrücken versuchte, zu bekommen. Es gelang ihr nicht. Die beiden Hände, die sie umschlangen, waren zu stark.

›Er lässt die Mädchen um ihr Leben flehen.‹

Wie verrückt war das, dass ihr dieses Gedicht jetzt in den Kopf kam?

Ina konnte nicht mehr. Sie schaffte es nicht mehr, sich zu wehren.

›Leise tötet er und bringt sie fort.‹

War das, was gerade mit ihr geschah, ein quälender Traum? Erlebte sie das wirklich?

›Eins davon an einen unbekannten Ort.‹

Sie weigerte sich zu glauben, dass sie sich so machtlos zu fühlen begann. Fast schien es ihr, als ob in ihr ein Gefühl völliger Hilflosigkeit entstand.

Plötzlich umgab sie eine vollständige Dunkelheit. Sie leistete keinen Widerstand mehr, fügte sich. Noch einmal sah sie Otello an, der den Kopf ins Stroh gelegt hatte. Dann befand sie sich in einer alles umhüllenden Stille.

-12-

Lucy und Seghetti gingen zurück zum Auto. Am See gab es nichts mehr zu tun für sie. Noch einmal drehte sich Lucy um und blickte auf das Zelt, bevor sie auf der Rückbank Platz nahm.

»Wir haben keine Zeit zu verlieren, Seghetti«, sagte sie, als beide im Auto saßen. »Überprüfen Sie alles, was es zu Heiner Abt herauszufinden gibt. Welche Bankkonten hatte er? Mit wem hat er seine Freizeit verbracht?«

»… und auch den Autohändler, von dem er den Wagen hat …« Seghetti sah sie konzentriert an.

»Ich sehe, wir verstehen uns. Ich will ein komplettes Profil über diesen Mann. Wie war sein Lebenswandel? Und vor allem interessiert mich: Wer bezahlte Heiner Abt so viel Geld, damit er den Wolf aushorcht und ihn aus dem Gefängnis herausbringt? Fragen Sie seine Kollegen. Fragen Sie zur Not auch alle Patienten in der Klinik. Wer steckt dahinter? Es kann doch nicht sein, dass der Mann ein solches Leben führen konnte. Das könnte der doch nicht mal als Chefarzt.«

»Sie glauben immer noch, dass Abt das nicht alleine war?«

»Exakt. Das glaube ich.« Sie fuhren den schmalen Weg, der zum See führte, im Rückwärtsgang wieder zur Landstraße. »Abt war das niemals alleine. Nennen Sie mir einen Grund, warum ein Pfleger einen Patienten befreit, oder nennen Sie es meinetwegen entführt – wenn nicht für Geld.« Seghetti nickte zustimmend.

»Haben Sie inzwischen herausbekommen, wer früher in unserem Fall ermittelt hat?«

»Ja, das habe ich. Der Kollege ist leider inzwischen verstorben. Herzinfarkt beim Angeln, nur zwei Jahre, nachdem er in den Ruhestand verabschiedet worden war. Der klassische Pensionierungsschock. Tod durch Langeweile. Aber der damalige Staatsanwalt, ein gewisser Dr. Martin Oster, mit dem unser Mann zusammengearbeitet hat, der wäre noch eine gute Quelle für uns. Scheint allerdings, so erzählen es die Kollegen, die früher mit ihm zu tun hatten, ein etwas unkonventioneller Typ zu sein. Andere sagen: extrem schwierig.«

»Hier scheint nichts leicht zu sein, was Seghetti?«

Lucy reichte ihm eine grün-weiße Packung mit ihren Fisherman's Friend. Er lehnte dankend ab. »Ist der Wohnort von diesem Dr. Oster bekannt?«

»Oh ja. Aber es gibt noch eine andere Möglichkeit. Meistens sitzt er im selben Café in Schöneberg, sagen die Kollegen. Gerne auch schon mal morgens mit einem Glas Chardonnay, der feine Herr Staatsanwalt. Oder er fährt stundenlang mit dem Fahrrad durch Berlin, um dann in irgendeiner Bezirkskantine alleine zu Mittag zu essen. Wenig zu tun, lange Tage. Und eine noch längere Ehe. Sie wissen, wie das ist.«

»Nein, das weiß ich nicht mehr. Oder sagen wir's so: zum Glück bin ich dabei, das gerade zu vergessen.« Lucy dachte an ihre bald bevorstehende Scheidung und nahm ihm mit einem Ruck die Fisherman's wieder aus der Hand. »Dann mache ich mich auf die Suche nach unserem Staatsanwalt, so schnell wie möglich. Hoffen wir mal, dass dieser Dr. Oster wenigstens mit uns ein bisschen kooperieren möchte.«

Während Lucy und Seghetti schon bald wieder die Lichter der Stadt sahen und das Zentrum Berlins erreichten, hatte Taner Sadik, ihr Chef, in seinem Büro im Landeskriminalamt eine folgenschwere Entscheidung getroffen. An allen größeren Hauptstraßen setzte er zusätzliche Kontrolltrupps ein, die alle verdächtigen Fahrzeuge überprüfen sollten. Irgendwie musste der Wolf sich ja von einem Punkt zum anderen bewegen. Auch in den U- und S-Bahnen war die Zahl der Zivilfahnder inzwischen vervierfacht worden. Sadik wusste nicht, ob seine Entscheidung zum Erfolg führen würde. Aber einer Sache war er sich sicher: In nur wenigen Minuten würden Teile der Stadt im Chaos versinken.

-13-

Mit einem Ruck schreckte sie hoch. Lucy lag auf dem Rücken und hatte beide Augen schlagartig aufgerissen. Es ließ ihr keine Ruhe, dass Dr. Martin Oster, der pensionierte Staatsanwalt, ihr möglicherweise entscheidende Informationen geben konnte. Dass er vielleicht mehr über die getöteten Mädchen wusste als sie alle zusammen. Sie machte sich in der Küche einen schnellen doppelten Espresso, ihre Tochter Helen lag noch im Bett. Es war noch nicht einmal halb 9 Uhr, als sie sich in ihrem Defender auf den Weg machte.

Das Café Rueff in Schöneberg hatte Seghetti genannt, es dauerte keine halbe Stunde, bis Lucy dort ankam.

Das Café war bereits gut gefüllt. Aus den zwei großen, silbernen italienischen Kaffeemaschinen zischte und fauchte es unablässig, wenn die beiden jungen Mädchen hinter dem Tresen Milch für den Cappuccino aufschäumten oder heißes Wasser für die nächste Tasse Tee einlaufen ließen. Die Kellner mit ihren weinroten langen Schürzen liefen im Akkord zwischen Tresen und den Tischen hin und her, frische Croissants in silbernen Körben in der Hand oder große, weiße Teller mit Spiegeleiern und Speck.

Lucy beobachtete die Szenerie einige Sekunden lang und versuchte sich in dem Gewühl von neu eintreffenden und das Café verlassenden Gästen zu orientieren. Sie ging zum Tresen, zog einen der Barhocker davon weg und setzte sich, einen Fuß über dem Boden baumelnd.

»Ich suche einen Ihrer Stammgäste«, sagte sie zu einem der Mädchen an den Kaffeemaschinen. »Einen älteren Herrn, Dr. Oster. Kennen Sie den?« Das Mädchen blies sich eine Haarlocke aus dem Gesicht, sie machte nur eine kleine Geste mit ihrem Kinn und wies in den hinteren Bereich.

»Stammgast? Da sagen Sie was. Der ist 24 Stunden am Tag und in der Nacht hier.« Lucy schenkte ihr ein kleines Lächeln und ließ sich vom Barhocker heruntergleiten – so elegant das eben für sie ging mit ihren 1,65 Metern. Sie ging nach hinten, dort, wo an den Wänden massive Spiegel hingen, in noch massiveren goldenen, reich verzierten Rahmen. Dann sah sie ihn.

Das musste er sein, kein Zweifel. In der Menge der Gäste stach er heraus. Er hatte volles, weißes Haar, trug einen ebenso schlohweißen Dreitagebart und eine runde Brille. Ab und zu blitzten aus seinem Mund seine ebenso schneeweißen Zähne hervor. Viel zu strahlend, um echt zu sein. Auf seinem Tisch standen weder Kaffee noch Tee, sondern ein großes Glas Weißwein, das er, in dem Moment, in dem Lucy an seinen Tisch trat, hochhob, um den ersten Schluck des Tages zu sich zu nehmen.

Schick sah er aus, mit einer hellbraunen Wildlederjacke und einer roten Chinohose, aber auch leicht zerzaust, dachte Lucy und sprach ihn direkt an. »Guten Tag, sind Sie Dr. Martin Oster?« Er nickte, rollte den Wein in seinem Mund hin und her, nach vorne zur Zunge und wieder zurück. Er sagte nichts und schaute auf sein Glas.

»Ja, der bin ich«, sagte er nach einer Pause, die Lucy beinahe endlos vorkam. »Hat man niemals seine Ruhe am Morgen? Was wollen Sie von mir? Eine dieser elenden Obdachlosenzeitungen hier verkaufen oder lieber einen mittrinken?«

»Herr Dr. Oster, ich bin Lucy Westerberg. LKA. Ich ermittle gegen den Wolf. Und ich brauche Ihre Hilfe, bitte.«

Oster zog seinen Mundwinkel zur Seite, so als ob er den letzten in seinem Mund verbliebenen Tropfen Wein noch verkosten wollte, dann richtete er sich auf.

»Oh Gott. Jetzt setzen die auch noch eine Frau auf

ihn an. Hören Sie, ich kenne Sie nicht, und das möchte ich auch nicht. Und schon gar nicht will ich vor meinem zweiten Glas Pinot Grigio von irgendjemandem angesprochen werden.«

Lucy setzte sich ungefragt an seinen Tisch. »Wann haben Sie denn das zweite Glas hinter sich, Herr Oster? Gegen kurz nach zehn am Morgen? Soll ich dann wiederkommen? Wir brauchen Ihre Hilfe!« Sie drehte sich um, in Angst die anderen Gäste könnten mithören. »Der Wolf ist auf der Flucht, und Sie sind der Einzige, der über den Fall und die vorherigen Morde so vieles weiß.«

»Das kann sein, Frau … äh … Westerberg.« Oster räusperte sich und sah ihr in die Augen. »Sie haben keine Ahnung, wie sehr mich dieser Fall beschäftigt hat. Und es immer noch tut.« Er trank einen großen Schluck und wischte sich mit einer Stoffserviette den Mund ab. Nach einer langen Pause fuhr er fort. »Der Mensch ist dem Menschen ein Wolf. Alle sind an der Sicherung der eigenen Bedürfnisse interessiert, und alle sind gleich in ihrer Fähigkeit, den anderen zu besiegen.« Er schüttelte kurz den Kopf, so als ob er einen ihm unangenehmen Gedanken schnell wieder loswerden wollte. »Entschuldigen Sie, Frau Westerberg. Ich schweife ab. Das ist natürlich nicht von mir. Sondern aus dem Leviathan von Thomas Hobbes, dem britischen Philosophen. Für unseren Wolf fand ich es immer sehr passend. Ich nehme an, dass Sie Hobbes gelesen haben? Wenn nicht, würde sich diese Lektüre lohnen, wenn Sie mit diesem Fall zu tun haben. Es gibt keinen Tag, an dem ich nicht an diesen dreckigen Bastard denken muss. Und an die Mädchen, die er auf dem Gewissen hat. Meine gesamte Karriere hat er mir versaut zum Schluss. Aber ich will nichts mehr mit dieser Geschichte zu tun haben. Ein für alle Mal.«

»Wir haben ihn doch bald. Ganz Berlin ist auf den Beinen, und Sie können uns helfen, Herr Dr. Oster. Sie müssen! Bitte!«

»Das glauben Sie! Er war der Raffinierteste und Gefährlichste, der mir in fast 40 Berufsjahren jemals untergekommen ist.« Oster machte eine verächtliche Handbewegung.

»Was ist mit dem letzten Mädchen, mit Sophie Reinhard, das noch immer verschwunden ist?«

»Machen Sie Ihre Hausaufgaben, Frau Kommissarin. Intensives Aktenstudium schadet keinem. Ich weiß, das unterscheidet uns Juristen von Ihnen, den Polizisten. Aber so viel verrate ich Ihnen: Die Theorie, dass der Wolf einen Helfer hatte, finden Sie auf jeder zweiten Seite seiner Ermittlungsakte.«

»So viel habe ich mitbekommen, Herr Oberstaatsanwalt. Worauf wollen Sie hinaus?« Oster blickte sichtbar freundlicher, nachdem Lucy ihn mit seinem früheren Titel angesprochen hatte.

»Jenseits der Akten müssen Sie recherchieren, Frau Kollegin. Nicht immer steht alles, was man wissen muss, auf dem Papier. Damals hat uns ein Unbekannter einen Tipp gegeben. Ich sage Ihnen nur so viel: Der Tipp schien aus dem engsten Familienkreis zu kommen. Und ansonsten: Lassen Sie mich in Frieden!«

»Gab es irgendwelche Zeugen, als der Wolf damals in der Fischerhütte angeschossen worden war?«

»Nicht, dass ich wüsste. Fragen Sie doch am besten Sophie Reinhard.« Oster sah Lucy angriffslustig an. »Wissen Sie, wir kennen uns nicht. Aber ich sage Ihnen eines: Der Hass auf den Wolf ist in dieser Stadt so unglaublich groß. Wenn der Wolf sich zeigt, werden die Menschen ihn jagen. So lange, bis sie ihn haben. Und dann werden sie sich an ihm rächen und ihn doch noch zur Strecke bringen. Und ich könnte es ihnen nicht verübeln.«

Lucy sah ihn widerwillig an. »Wo wird es ihn hinziehen, Ihrer Meinung nach?«

»Pah! Das wissen Sie doch so gut wie ich. Zurück in den Westteil. Da, wo er herkommt, wo er gewütet hat. Was für eine Frage. Ich verrate Ihnen sogar noch ein letztes Geheimnis.«

Oster hatte gerade Luft geholt und wollte fortfahren, als Lucys Handy klingelte. Einmal nur. Dann nahm sie ab. Es war Sadik, in höchster Aufregung. Was Lucy von ihm hörte, ließ sie innerlich erbeben. Sadik sprach von einem weiteren Mord. Ein Mädchen im Westen. Lucy sprang auf, das Handy noch immer fest an ihr Ohr gepresst.

Mit einem leichten Nicken bedeutete sie Oster, dass sie sich sofort von ihm verabschieden musste. Dann ging sie mit schnellen Schritten aus dem Café. Als sie auf der Straße war, begann sie zu ihrem Auto zu rennen, das in der Nebenstraße parkte.

»Er ist zurück«, sagte Oster leise zu sich selbst, als er die Augen zu schmalen Schlitzen zusammengezogen hatte und ihr hinterher sah. Er nahm noch einen großen Schluck Pinot Grigio. Und auf einmal hatte auch er es sehr eilig.

-14-

Lucy kannte sich nicht mehr besonders gut aus in Berlin. So vieles hatte sich geändert – wie viel, das ließ sie fast jeden Tag aufs Neue staunen. Aber für den Ort, den sie nun so schnell es ging erreichen musste, gab es einen klaren Anhaltspunkt. Denn nur wenige Kilometer weiter westlich kreisten sie schon. Ihr Brummen drang an diesem Tag dröhnender als je zuvor durch die Stadt. Die »Aasgeier« zogen ihre Runden. So nannten die Polizisten die Hubschrauber der Nachrichtensender und Boulevardzeitungen. Kein Polizist konnte sie ausstehen, und oft machten sie das Arbeiten noch schwerer, als es ohnehin schon war. Immer wieder sah Lucy in den bleiernen Berliner Himmel.

»Oh, du Vollidiot!«, fluchte sie leise, als sie, den Blick nach oben und ihr iPhone in der linken Hand, fast einen Fahrradkurier übersehen hatte, der sich rechts von ihrem Defender an einer Kreuzung vorbeizuschlängeln versuchte.

Nach einer guten Viertelstunde erreichte sie das Gelände mit der Pferdekoppel. Seghetti stand vor einem dunklen BMW, der den Zivilfahndern gehörte, und telefonierte. Und auch Sadik war da. Das zeigte, wie wichtig dieser Fall für die gesamte Stadt geworden war. Er drückte ihr einen Pappbecher mit Kaffee in die Hand. Lucy nickte anerkennend.

»Was wissen wir bisher?« Lucy sah Sadik fragend an und pustete den aufsteigenden Dampf von ihrem heißen Kaffeebecher.

»Noch nicht viel. Was wir wissen, ist: Alles, was das Wort Journalist auch nur halbwegs buchstabieren kann, hat sich auf den Weg hierhin gemacht. Und das sind in Berlin nicht wenige.« Ein paar Meter hinter Sadik übergab sich eine junge blonde Polizistin. Eine ebenso junge Kollegin stützte sie und hielt ihr Haar nach hinten, um es vor dem Erbrochenen wegzuhalten. »Die erste Leiche, hm? Ging mir auch so«, sagte Lucy im Vorbeigehen.

Sadik packte sie sanft am Unterarm und zog sie weiter. »Kommen Sie mit, Frau Westerberg. Was Sie gleich sehen werden, ist, ich sage es ganz offen, auch für hartgesottene Ermittler schwer zu ertragen. Wir mussten alles noch so lassen, wie wir es vorgefunden haben. Alles. Solange, bis alle Spuren gesichert sind und der Fotograf alles dokumentiert hat.«

Sie waren noch gut 200 Meter von der Koppel entfernt. Lucy versuchte, alle Eindrücke so gut es ging zu speichern. Ihr war kalt, und es begann wieder leicht zu regnen. Einige kleine Hagelkörner fielen herab, die sich auf der braungrünen Wiese aber nur sekundenlang halten konnten.

Direkt vor der Koppel hatten die Kollegen Bauzäune mit dunklen Plastikplanen aufgestellt. Weder die vielen Schaulustigen, noch die Journalisten sollten auf das Gelände sehen können. Hinter den Planen hörte Lucy ein beständiges Schnauben. Es kam ihr mehr wie ein Wimmern vor, klang heiser und seltsam kraftlos. Ein uniformierter Polizist grüßte Sadik, hob einen Pfosten des provisorischen Bauzauns an und schob ihn einen guten Meter nach hinten. Sadik ging hindurch, Lucy folgte ihm. Der Sand knirschte unter ihren Schuhen.

Das Erste, woran sie sich erinnern konnte, nachdem sie ihre Überraschung und ihren Schock einige Stunden später ein wenig überwunden hatte, waren die blutigen Vorderflanken des kleinen Ponys gewesen, das da alleine auf der großen Koppel stand und hilflos vor sich hin schnaubte. Das Tier schien unsagbare Schmerzen zu haben. »Das können wir doch nicht so einfach zulassen, Herr Sadik«, rief Lucy zutiefst besorgt, als sie das Tier sah. »Bitte, Frau Westerberg. Bleiben Sie professionell. Es wird gleich erlöst. Der Tierarzt ist da, aber wir müssen vorher alles durch den Fotografen dokumentieren lassen, und danach kommt die Spurensicherung. Es ist schrecklich, ich weiß, aber es muss sein. Und so traurig das ist: Hier sehen Sie, warum.«

Lucy blickte auf Otello, der eine grausame Fracht auf dem Rücken hatte. Sie sah, wie ein Mädchen, auf dem Bauch liegend, quer über dem Pony lag. Ihr brauner Zopf baumelte kopfüber in der Luft. Ihre Beine und ihre Hände waren unter dem Bauch des Ponys mit einem Zügel zusammengeknotet worden.

Lucy hielt sich eine Hand vor ihr Gesicht. Das Tier atmete schwer, aus seinen Nüstern stiegen unregelmäßige Atemwolken. Das Mädchen rührte sich nicht mehr. Lucy sah auf den hellbraunen Sattel, auf ihm klebte frisches Blut. Sie ahnte das Schlimmste. Starr hing der Körper zu beiden Seiten herab, jede Bewegung, die das Tier machte, schien der Körper des Mädchens mit der Verzögerung von Sekundenbruchteilen zu wiederholen, so als ob eine bewegungslose Puppe auf dem Pony festgeschnallt worden war.

Wenige Meter neben dem verletzten Tier und dem Mädchen stand ein Mann mit einer großen Ledertasche. Leise redete er auf das Pony ein, versuchte es zu beruhigen, während er eine Ampulle mit einer glasklaren Flüssigkeit in die Höhe hielt und nach einer Kanüle in seiner Tasche suchte. Es war der Tierarzt. Bald würde es zumindest dem Tier schon besser gehen. Immer wieder wurde die Koppel von grellen Blitzen für Sekundenbruchteile erhellt. Der Polizeifotograf schoss seine Bilder aus allen möglichen Perspektiven, um das Unfassbare festzuhalten.

»Kommen Sie, Frau Westerberg. Lassen Sie die Kollegen so schnell wie möglich ihre Arbeit beenden. Wir müssen noch kurz draußen warten. Aber ich wollte, dass Sie einen direkten Eindruck bekommen, von dem, was hier geschehen ist.« Sadik zog Lucy an ihrem Jackenärmel und deutete in Richtung des Bauzauns. Sie folgte ihm stumm und fühlte sich angesichts dessen, was sie soeben gesehen hatte, wie betäubt.

-15-

Lucy versuchte, so gut es ging, wieder die Fassung zu erlangen. Das, was sie gesehen hatte, nahm sie mehr mit, als sie je vermutet hätte. Sie wollte die Zeit des Wartens nutzen, um sich außerhalb der Koppel umzusehen, und zwar alleine. Die nächsten Wohnhäuser waren vielleicht 300 Meter entfernt in diesem Teil von Berlin-Dahlem, einer der teuersten Gegenden der Stadt. Hier standen sie, die Villen und davor die großen Autos und dazu die Töchter dieser Menschen, die oft einem teuren Hobby nachgingen, sehr oft war das Reiten oder Segeln.

Sie ging hinter die Pferdekoppel, auf die Seite, wo die Schutzhütte stand. Die Hütte, deren Holz auf der Rückseite grau-silbrig von Sturm und Regen verwittert war, stand schon lange hier, dachte sie, als sie gegen das Holz klopfte. Direkt dahinter begann ein lang gezogenes Waldstück, mit eng gewachsenen Fichten und Kiefern. Sie drehte sich um und blickte in den Wald hinein. Nur wenige Meter konnte sie durch die Bäume blicken, dann wurde alles bereits grauer und unscharf, so dunkel war es hier – obwohl die Nacht noch nicht eingesetzt hatte. Hatte sich der Wolf von hier aus angeschlichen? Hatte er von dieser Stelle aus Ina beobachtet, seine Beute gewittert und dann zugeschlagen? Und wo war er jetzt? Noch immer ganz nah?

Lucy war tief in Gedanken, als sie es plötzlich direkt hinter sich knacken hörte. So, als ob ein dicker Ast mit großer Kraft durchbrochen worden war. Sie erschrak zutiefst. Neben der Schutzhütte tauchte ein Schatten auf, der immer länger wurde. Jemand schien sich ihr zu nähern. Sie drückte sich im Halbdunkel mit dem Rücken an die Wand, griff mit ihrer Hand unter ihre Jacke und zog die 9 mm Glock 17 ganz langsam aus dem Holster.

»Stehen bleiben!«, rief sie und stellte sich breitbeinig dem Schatten entgegen, um fast im selben Moment zu merken, dass ihre Furcht unbegründet gewesen war. Aber es war genau diese Erkenntnis, die sie umso wütender werden ließ. Denn mit dem Mann, der vor ihr stand, hatte sie hier am allerwenigsten gerechnet.

»Immer ruhig mit den jungen Pferden, Frau Oberkommissarin. Verzeihen Sie angesichts des tragischen Vorfalls diesen völlig unpassenden Scherz. Aber gibt es einen Grund, mich hier und jetzt zu erschießen?«

Lucy zog ihre Hand wieder aus ihrer Jacke hervor. Vor ihr stand der Staatsanwalt a. D., Dr. Martin Oster.

»Was bitte, Herr Dr. Oster, haben Sie hier zu suchen? Und wieso haben die Kollegen Sie durch alle Absperrungen durchgelassen?« Lucy schüttelte den Kopf.

»Ach wissen Sie, Frau Westerberg.« Oster lächelte sie eine Spur zu spöttisch an, wie Lucy fand. »Wenn man helfen kann, dann schaut man doch gerne mal vorbei, was die alten Kollegen so treiben, finden Sie nicht?«

»Kommen Sie, Herr Oster. Das nehme ich Ihnen nicht ab. Heute Morgen im Café, als ich Sie befragt habe, da haben Sie mir gerade mal das Nötigste erzählt. Sich alles aus der Nase ziehen lassen, und jetzt spielt der Herr Staatsanwalt a. D. den weißen Ritter, der dank seines Edelmuts helfen will? Hören Sie doch mit dem Quatsch auf!«

Oster ging einen Schritt weiter auf Lucy zu. So nah, dass sie seinen alkoholischen Atem noch deutlicher spüren konnte. Und das, obwohl Oster permanent einen Kaugummi in seinem Mund malträtierte.

»Ist ja gut. Regen Sie sich nicht so auf. Ich sage es, wie es ist: Ich mag Sie nicht. Das merken Sie. Sie sind eine professionelle Polizistin, kann sein. Aber das hier …«, er stockte einige Sekunden, »… das hier ist auch immer noch mein Fall. Und er lässt mich nicht los. Der Wolf ist nun vor allem Ihr Gegner, ich weiß. Aber in all den Jahren ist er auch immer mein schlimmster Gegner geblieben. Ich habe Verbindungen in die Politik. In die Wirtschaft. Davon können Sie profitieren, Frau Westerberg. Und ich habe eine Enkelin. Im gleichen Alter wie alle Opfer. Es lässt mir keine Ruhe. Die ganze Geschichte ist wie ein gottverdammter, mich zum Wahnsinn treibender Juckreiz, den ich über die Jahre nie loswerden konnte, auch wenn ich mich fast blutig gekratzt habe, verstehen Sie? Und deshalb muss ich dabei sein. Ich muss ihn zur Strecke bringen.«

Lucy sah ihn mit einer Mischung aus Rührung und Fassungslosigkeit an.

»Ich kann Sie verstehen, Herr Oster. Ihre Wut, Ihren Frust. Aber Sie wissen auch, dass das so nicht funktionieren kann. Und auch nicht erlaubt ist. Also gehen Sie. Sofort, Herr Staatsanwalt a. D. Und nur zur Erinnerung, das heißt: außer Dienst.«

Oster spuckte seinen Kaugummi ins Gras und drehte sich langsam um. Dann ging er wortlos in den Wald. Lucy machte sich zurück auf den Weg zum Eingang der Pferdekoppel. Ihr Handy klingelte, Seghetti war dran.

»Es gibt Neuigkeiten zu unserem Krankenpfleger, Heiner Abt.«

Lucy blieb stehen. Sie wollte in Ruhe zuhören, was ihr Kollege herausgefunden hatte.

»Was seine finanziellen Verhältnisse betrifft, scheint das alles ganz normal auszusehen. Auf den ersten Blick. Er hat einen kleinen Kredit für einen Kombi, den vor allem seine Frau fährt, wie sie mir gesagt hat. Dann haben sie noch eine zehnjährige Hypothek von knapp 800 Euro für ihr Reihenhaus in Reinickendorf. Nichts Besonderes. Aber bei einem Nettogehalt von etwas über 2.000 Euro auch kein so wirklich kleiner Brocken. Ansonsten sind die Kontobewegungen überschaubar. Nicht das, was Sie hören wollen, Chefin, ich weiß.«

Lucy fühlte, wie sie immer ungeduldiger wurde beim Zuhören. »Danke, Seghetti. Gut gemacht. Aber das alles heißt ja nur, dass unser Verdacht Abt gegenüber mehr als begründet ist. Irgendwoher und von irgendwem bekommt er Geld. Für den Cayenne, für die Kleidung. Aus dunklen Kanälen. Wir werden nicht lockerlassen, Seghetti.«

»Kommen Sie am besten sofort zu uns, zum Wagen der Einsatzleitung, Chefin. Es kommen immer mehr Menschen zusammen. Die Eltern sind in Panik.« Lucy legte auf und ging zurück. Aber nicht dahin, wo ihre Kollegen sie erwarteten.

-16-

Noch war Zeit, der Polizeifotograf war gerade mit seiner Arbeit fertig geworden, die anderen Kollegen der Spurensicherung noch nicht da. Das wollte Lucy nutzen, denn würde erst ein gutes Dutzend Kollegen auf der Pferdekoppel ihre Arbeit aufnehmen und akribisch jeden Zentimeter des Geländes absuchen, dann hätte sie keine Chance mehr, sich in Ruhe umzusehen. Sie bahnte sich den Weg durch die Menschenmenge. Nervöse Mütter und erboste Väter standen vor den Absperrungen. »Wer schützt uns denn jetzt vor diesem Wahnsinn?«, fragte eine junge Frau mit verzweifeltem Gesicht einen der uniformierten Polizisten, die am Eingangstor Wache hielten. Lucy nickte ihm kurz zu. Er erkannte sie wieder. Dass sie mit Sadik hier gesehen worden war, schien die Dinge einfacher zu machen.

Sie ging nochmals hinein, blickte sich um und war ganz alleine auf der weiten Koppel. Otello, das Pony, war inzwischen eingeschläfert worden. Es lag regungslos im Sand. Auf ihm lag noch immer Ina Berger, gleich würde sie geborgen und ihre Spuren gesichert werden. Friedlich sah das Mädchen jetzt aus, so, als ob es und sein kleines Pferd ganz plötzlich eingenickt waren.

Was für ein frühes, was für ein grausames Ende für ein Kind, dachte Lucy. Sie sah sich das Mädchen von allen Seiten an, wohlwissend, dass das, was sie hier gerade tat, gegen alle Regeln verstieß – vor allem, weil die Spuren noch nicht alle aufgenommen worden waren. Aber Lucy spürte tief in sich das Gefühl, dass es nun darauf ankommen würde, alle Sinne einzuschalten und mit allen Kräften zu versuchen, endlich eine Verbindung zum Wolf aufzunehmen. Sie wollte, sie musste eine Spur zu ihm finden. Der rechte Arm des Mädchens stand seltsam vom Bauch des Ponys ab, fast rechtwinklig. Waren das Folgen eines Kampfes? Wie sehr hatte Ina leiden müssen?

Lucy zog sich ihre weißen Latexhandschuhe über. Vorsichtig tastete sie den Arm ab. Hatte sie sich gewehrt gegen den Täter oder alles nur hilflos über sich ergehen lassen? Sie drehte den Arm langsam zur Seite, um sich auch die Innenseite ansehen zu können. Unter der Hand von Ina Berger hatte sich eine große braune Blutlache gebildet. Lucy spürte durch ihre Handschuhe die Kälte der Hand des Mädchens. Dann sah sie es: Um das innere Handgelenk war ein Zeichen geritzt. Ein Buchstabe, so schien es. Ja, kein Zweifel. Das musste ein L sein. Von Ina herab baumelte auf dem Ponyrücken ihre kleine blaue Handtasche. Lucy sah kurz hinein. Ein paar Kaugummis, Lipgloss, zwei Kondome, eins mit Erdbeer-, eins mit Blaubeergeschmack. *Früh dran, die Kleine,* dachte Lucy und klappte die Tasche vorsichtig zu. Sie ging um das Pony und den Leichnam herum. Inas andere Hand war ein wenig eingeklemmt unter ihrer Hüfte, seltsam verdreht. Es kostete Lucy einige Kraft, dann hatte sie die Drehung gelöst. Seltsam, auch hier klebte viel Blut. Und wieder ein Buchstabe. Dieses Mal war es ein I. Was hatte der Täter für einen Plan?

L.

I.

Lucy war seltsam zumute. War das hier ein Spiel, das sich der Wolf mit ihr erlaubte? Sie stand wieder auf, ging zwei Schritte zurück und überlegte kurz. Mit ein wenig Abstand dämmerte es ihr. Sie blickte auf die weißen Converse Chucks, die das Mädchen trug. Auch sie hatten dort, wo die Knöchel vom Stoff der Schuhe bedeckt waren, dunkle, rotbraune Ränder. Behutsam lockerte sie den ersten Turnschuh. Löste die Schnürsenkel aus den Ösen, schob die Zunge des Schuhs allmählich nach vorne. Da war es. Mindestens einen halben Zentimeter tief eingeritzt in das Sprunggelenk.

S.

Lucy hörte, wie die Stimmen draußen lauter wurden. Das Team der Spurensicherung bahnte sich seinen Weg. Sie hatte keine Zeit mehr. Rasch nahm sie den anderen Fuß von Ina Berger in ihre Hände. Drehte den Schuh mit den Schnürsenkeln zu sich. Die Anwohner draußen vor dem Zaun begannen immer lauter die eintreffenden Polizisten zu beschimpfen. Auch den zweiten Fußknöchel hatte der Täter mit einem Buchstaben versehen.

E.

In Lucy arbeitete es fieberhaft. I. S. L. und ein E? Sie schüttelte den Kopf. Wahrscheinlich die falsche Reihenfolge.

L.

I.

E.

S.!

Das musste es sein. Lies! Lesen! Aber was?

»Ihr macht nichts! Gar nichts! Und lasst uns hier alleine!«, hörte sie eine erboste Männerstimme. Ihre Zeit hier drinnen lief ab. Sie musste schnell zurück. Sonst war ein Disziplinarverfahren das Mindeste, was sie zu erwarten hatte, das wusste sie. Aber Lucy ließ dieser Befehl des Täters nicht los. LIES! Eine letzte Sache wollte sie hier noch erledigen. Noch ein schneller Blick in die Jackentaschen des Mädchens. Es würde nur wenige Sekunden dauern. Links in der Jacke war nichts. Rechts bewegte sie vorsichtig erst ihren Daumen und dann ihren Zeigefinger hinein. Da war etwas. Erst fühlte es sich wie ein altes Taschentuch an. Doch dann merkte sie durch ihre Gummihandschuhe, dass es fester war, ein zerknülltes Stück Schreibpapier. Sie nahm sich das Papier, ging schnell Richtung Ausgang, im Gehen faltete sie das Stück vorsichtig auf. Das Papier war schon vergilbt, an einigen Stellen bräunlich, wohl schon deutlich älter, oft auseinander- und dann wieder zusammengefaltet worden. Sah aus wie eine Mädchenhandschrift. Wohl von einem älteren Mädchen geschrieben worden, als Ina es gewesen war. Lucy las. Flüsternd sprach sie nach, was dort geschrieben stand:

»Das ist die Hölle.

Keine Luft mehr zum Atmen.

Schreie Tag und Nacht.

Und niemand kann sich gegen die Bösen und diese Finsternis wehren.

Keine Stille mehr.

Sie nehmen euch eure Mädchen.

Und ich bin jetzt hier.

Dort, wo …«

An dieser Stelle war der Zettel abgerissen worden.

Dort, wo …?, dachte Lucy. Was hatte all das zu bedeuten? Sie faltete den Zettel behutsam zusammen. Die Männer und Frauen der Spurensicherung kamen ihr schon entgegen. Lucy nickte, so freundlich sie konnte, zeigte ihnen ihre Polizeimarke. Seghetti sollte den Zettel unverzüglich ins Labor bringen. Sadik würde sie später davon erzählen. Wo gab es keine Stille mehr? Wer nahm den Menschen ihre Mädchen? Und wo war diejenige, die diese Zeilen geschrieben hatte? Alles drehte sich vor Lucy. Sie fühlte sich, als ob sie in einen gigantischen, alles in sich einsaugenden Strudel hineingezogen würde.

-17-

Sie war ratlos und fühlte eine alles betäubende Kälte in sich. Lucy war zu einem nahe gelegenen Kiosk gelaufen, an dem auch einige Journalisten und Kamerateams gerade eine Pause machten, rauchten und Kaffee tranken. Lucy zögerte, als sie die Männer und Frauen sah. Aber niemand erkannte sie, und so näherte sie sich und bestellte ebenfalls einen Kaffee. Sie fühlte sich unruhig, was hatten all diese Botschaften zu bedeuten? Wer konnte ihr helfen, all das zu entschlüsseln? Der Kaffee war so heiß, dass die Wärme direkt durch den Pappbecher zu strömen schien, endlich wurden ihre klammen Finger wieder etwas beweglicher. Das tat so unendlich gut. Sie nahm sich ihr iPhone und scrollte die Liste herunter bis zum Buchstaben F, dann wartete sie.

»Dr. Leonard Flemming. Guten Tag!« Lucy spürte, wie erleichtert sie war, dass der Psychiater des Wolfs abgenommen hatte. Wenigstens einer, mit dem sie über all das, was an Verstörendem über sie hereingebrochen war, reden konnte.

»Hallo, Dr. Flemming. Hier ist Westerberg. Lucy Westerberg, die Kommissarin. Sie erinnern sich?«

»Aber natürlich«, Flemming räusperte sich. »Ich habe oft an Sie gedacht. Was kann ich für Sie tun?«

»Wir haben einen neuen Mord im Westteil der Stadt. So wie es aussieht, hinterlässt Ihr Patient neue Spuren.«

Kurz herrschte Stille im Netz. Lucy fragte sich kurz, ob der Doktor ihr noch zuhörte. Dann war er wieder da.

»Oh Gott, das habe ich leider befürchtet, dass all das nur eine Frage der Zeit sein würde, bis er in alte Muster zurückfallen würde. Aber was meinen Sie mit Spuren, Frau Kommissarin?«

Lucy blies den aufsteigenden Dampf vom Kaffeebecher weg und nahm einen kleinen Schluck. Zucker und Milch hatte sie vergessen, aber endlich war der Kaffee trinkbar und nicht mehr so elend heiß.

»Mich interessiert vor allem, ob Ihr – nennen wir ihn weiter Patient – schon einmal irgendwelche Botschaften hinterlassen hat. Ich mache es kurz, Doktor, und bitte

Sie als sein Arzt um absolute Vertraulichkeit in dieser Sache. In der Hand seines Opfers haben wir einen Zettel gefunden, auf dem standen die folgenden Worte:

»Das ist die Hölle.

Keine Luft mehr zum Atmen.

Schreie Tag und Nacht.

Und niemand kann sich gegen die Bösen und diese Finsternis wehren.«

Lucy machte eine kurze Pause. Sie merkte, wie Dr. Flemming hörbar tiefer ein- und ausatmete. Dann las sie weiter.

»Keine Stille mehr.

Sie nehmen euch eure Mädchen.

Und ich bin jetzt hier.

Dort, wo …«

»Was könnte das aus Ihrer Sicht bedeuten, Doktor? Was will uns der Wolf mitteilen?«

»Hm. Ich habe ein wenig mitgeschrieben, Frau Westerberg. Ich hoffe, das ist in Ordnung. Eines ist ganz wichtig: In der Welt, in der sich Eric Bennett bewegt, ist nicht alles immer sofort für uns ersichtlich oder unmittelbar logisch. Denken Sie daran, dass er durch seine schweren Kopfverletzungen nach dem Schuss sehr beeinträchtigt ist. Vor allem, was Logik und Abstraktionsvermögen betrifft. Ich würde sagen, diese Botschaft ist nicht sonderlich ergiebig. So etwas schreiben geistig beeinträchtigte Menschen halt. Wenn er es denn tatsächlich war, Frau Westerberg!«

Lucy nickte stumm, als sie Flemming zuhörte.

»Wissen Sie, liebe Frau Westerberg. Ich glaube, Sie leisten da großartige Arbeit im Moment. Wenn ich mehr für Sie tun kann, sagen Sie Bescheid. Ich freue mich immer, von Ihnen zu hören.«

»Danke, Doktor. Das weiß ich sehr zu schätzen.« Lucy war auf einmal ein wenig verlegen. Seine warme Stimme und das, was er ihr gerade gesagt hatte, taten ihr so gut. Das fühlte sie. Und gleichzeitig ärgerte sie sich, weil ihr diese Gedanken in der jetzigen Situation völlig unpassend erschienen.

»Bis bald«, sagte er.

»Ich melde mich, Doktor«, antwortete Lucy und legte auf.

Lucy blickte auf die Gruppe von Journalisten. *Wenn ihr wüsstet, was hinter dem Vorhang auf der Pferdekoppel zu filmen wäre, die Menschen in Berlin würden kein Auge mehr zumachen.*

Auf einen Schlag wurde sie aus ihren Gedanken gerissen. Seghetti kam angerannt und legte noch an Tempo zu, als er Lucy vor dem Kiosk entdeckt hatte. Er war vollkommen außer Atem, beugte sich nach vorne und stützte seine Arme auf den Knien ab.

»Wo waren Sie? Wir brauchen Sie sofort und haben keine Zeit zu verlieren, Chefin!«, keuchte er. Die grauweißen Wolken seines Atems kondensierten in der Luft.

»Was zur Hölle ist denn los, Seghetti?« Lucy sah ihren Kollegen bestürzt an.

»Jemand will Sie dringend sprechen, Frau Westerberg. Es ist eine Frau. Ihr Name ist Leonore Goldschmidt.

Sie sagt, jetzt sofort, innerhalb der nächsten 15 Minuten. Sie sitzt in ihrem Auto und will, dass Sie bei ihr einsteigen. Sie will keine Öffentlichkeit und schon gar keine Presse.

»Beruhigen Sie sich, Seghetti!«, sagte Lucy streng. »Ist Ihnen klar, wer hier alles gerade in der Nähe herumsteht und darauf lauert, dass endlich etwas passiert? Das klingt extrem merkwürdig. Wo ist die Frau?«

»Zwei Straßen weiter. Ich kann Sie zu ihr bringen. Sie sagte noch etwas: Wir sollten diese Chance nutzen. Denn sie will Berlin verlassen, für immer. Und danach für alle Zeiten schweigen!«

Lucy sah Seghetti mit einer Mischung aus Fassungslosigkeit und Entschlossenheit an.

»Bringen Sie mich sofort zu ihr!« Sie sah in ihren inzwischen leeren Pappbecher, zerknüllte ihn mit ihrer linken Hand und warf ihn auf die Straße.

-18-

Seghetti wies mit einer leichten Handbewegung auf ein schwarzes Auto. Zwischen ihm und Lucy waren keine Worte mehr nötig. Das Auto hatte abgedunkelte Scheiben, auf allen Seiten. Der Motor lief, es war ein schwarzer BMW der 7er Reihe. Als Lucy die Fahrerseite erreicht hatte, öffnete sich das Fenster. Am Steuer saß ein Mann im schwarzen Anzug mit Krawatte. Kurz sah er Seghetti an, dann drückte er einen Knopf am Armaturenbrett, die Verriegelung sprang auf. Er stieg aus und öffnete die hintere Tür für Lucy. Sie stieg ein. Im Fond saß eine Frau in einem graublauen Tweed-Kostüm. Sie trug schwere goldene Ohrringe und eine mehr als massive Perlenkette. Perlen fast so groß wie die Kaugummikugeln aus den Automaten am Straßenrand, die es in ihrer Kindheit überall gegeben hatte, dachte Lucy und war für einen Moment abgelenkt.

»Leonore Goldschmidt, angenehm, Frau Kommissarin.« Die Frau war Mitte, Ende 40, schätzte Lucy. Sie hielt es nicht für nötig, ihre riesige schwarze Sonnenbrille abzunehmen, die fast ihr halbes Gesicht zu bedecken schien. Sie sah damit aus wie ein geheimnisvolles, riesiges Insekt.

»Kommen wir direkt zur Sache«, sagte die Frau. »Was ich Ihnen nun sagen werde, werde ich genau einmal sagen. Und danach nie wieder. Zu niemandem. Und wenn wir hier beide fertig sind, werde ich mit meinen beiden Kindern Berlin verlassen und nicht mehr auffindbar sein.«

Lucy schüttelte den Kopf. Ihr war es gleichgültig, ob Leonore Goldschmidt ihr Missfallen bemerken würde oder nicht.

»Das sind seltsame Bedingungen für unser Gespräch. Aber bitte. Reden Sie.«

»Gut. Ich mache es kurz. Mein Sohn Florian hat genau gesehen, wie das Mädchen aus unserer Nachbarschaft ermordet worden ist. Wir wohnen direkt neben der Koppel, und er stand auf der Terrasse. Er hat dem Täter dabei direkt in die Augen gesehen. So furchtbar, das alles.«

Lucy war auf einen Schlag hochkonzentriert. Eine Spur.

»Kann ich mit Ihrem Sohn reden?«

»Auf gar keinen Fall. Er ist bereits an einem sicheren Ort mit meinem Mann. Wir müssen das Schlimmste befürchten. Der Täter weiß, wie mein Sohn aussieht, er wird uns jagen, verstehen Sie? Und auf Sie von der Polizei werden wir uns auf keinen Fall verlassen.«

Lucy zuckte kurz mit ihrer linken Augenbraue und sah die Frau an. »Verstehe. Was hat er gesehen?«

»Er sagte, das Mädchen zappelte so lustig auf dem Pferd hin und her. Der Mann hatte eine Maske an. Und er zwang das Mädchen offenbar, ihm etwas vorzulesen, er hatte immer ein Blatt Papier in der Hand. Das gab er ihr dann, und sie musste es ihm laut vorlesen. Mein Sohn Florian dachte, das sei ein neuer Reitlehrer, mit einer Maske, so wie Zorro aus dem Fernsehen eine trägt und dass das alles nur ein Spiel sei. Mein Florian ist fünf Jahre alt. Er wollte mitspielen mit den beiden und hat dann unerlaubterweise unser Anwesen verlassen und ist zur Koppel hinübergerannt. Er sagte mir, als er da angekommen war, habe ihm der Mann direkt in die Augen gesehen und sei dann weggerannt. Florian merkte dann, als schließlich Blut aus dem Mund des Mädchens tropfte, dass das kein Spiel mehr war und kein Trick von Zorro. Er bekam furchtbare Angst und hat dann das hier mitgenommen.«

Die Frau öffnete umständlich und mit zittrigen Fingern das goldene Schloss ihrer MCM-Handtasche.

Es dauerte eine gefühlte Ewigkeit, bis sie ein abgerissenes, vergilbtes Stück Papier auseinandergefaltet hatte. Sie gab es Lucy, die sofort merkte, was das war: Es war der fehlende letzte Teil der Botschaft. Nur wenige Worte standen da:

»es für sie keine Stille mehr gibt.«

Gedanklich setzte sie den gesamten Text zusammen:

Sie nehmen euch eure Mädchen.

Und ich bin jetzt hier.

Dort, wo …«

Sie sah nochmals den abgerissenen Zettel an.

»… es für sie keine Stille mehr gibt.«

Das war der letzte Halbsatz seiner Botschaft. Alles passte zusammen. Lucy blickte aus dem Auto hinaus auf die graue Straße. Was meinte der Wolf damit? Wo war der Ort, an dem es keine Stille mehr gab? Und ließ sich dort das Rätsel, das ihn und seine Taten umgab, auflösen?

-19-

16 Stunden war sie nun schon auf den Beinen, hatte nichts gegessen und fühlte, wie sich unaufhaltsam in ihr eine Erkältung breitmachte. Lucy war nach diesem scheinbar ewigen Tag, der nun allmählich zu Ende ging, vollkommen geschafft. Sie war aus dem BMW gestiegen, hatte Seghetti nur kurz Bescheid gesagt, dass er Frau Goldschmidt ziehen lassen dürfe, und ging in Richtung eines kleinen Supermarkts. Ihr Durst und ihr Hunger wurden allmählich übermächtig. Sie machte sich auf die Suche nach einem Sandwich und einer Cola light. Schnell ging sie zur Kasse, auch hier lief der Fernseher. Müde blickte sie auf den blau flimmernden Bildschirm. Er war all-

gegenwärtig: »Der Wolf weiter auf der Flucht!«, las sie auf dem sich ewig dahinziehenden Laufband mit Eilmeldungen des Nachrichtenkanals. Vor Lucy stand noch ein älteres Ehepaar. Im Fernsehen wurde gerade der Vater eines der früheren Opfer eingeblendet. Es war Kai Graven, der seine Tochter Lisa durch den Wolf verloren hatte. Sie war das zweite Opfer gewesen. Graven wurde live von einer jungen, blonden Reporterin interviewt. Er erschien hochgradig nervös, leckte sich mit seiner Zungenspitze häufig an der Oberlippe, fuhr sich hin und wieder durch die Haare. »Bitte fangen Sie ihn lebend!«, sagte Graven und blickte direkt in die Kamera, so als ob er an irgendjemanden einen direkten Appell richten wollte.

»Der arme Mann da im Fernsehen«, sagte der alte Mann zu seiner Frau in der Warteschlange. Graven sprach weiter, auch über das dritte Opfer, Sophie Reinhard, die nie gefunden worden war. Er sah, als er abwechselnd die Reporterin und dann wieder direkt in die Kamera blickte, so aus, als ob er, als er über Sophie Reinhard sprach, mehrmals zwinkern würde. Oder war er ganz einfach vollkommen übermüdet? *Seltsamer Typ*, dache Lucy beim Zusehen. Als ob er jemandem ein geheimes Zeichen übermitteln wollte? Ein verabredetes Signal? Oder einfach totale emotionale Überforderung angesichts all der Erinnerungen, die in Graven nun wieder hochkochten?

»Aber natürlich ist die Dritte tot! Das weiß doch jeder«, sagte die alte Frau, als sie ein Netz Kartoffeln aufs Rollband legte.

»Ich würde mich ja als junges Mädchen zu Tode fürchten. Keine Sekunde würden mich meine Eltern aus dem Haus lassen. Denk nur mal an die alte Geschichte über die Sümpfe im Teufelsfenn im Grunewald.«

»Du bist ja verrückt, Marie. Hör jetzt auf mit dem Quatsch«, herrschte ihr Mann sie an.

Die alte Frau legte den Warentrenner zwischen ihre Kartoffeln und Lucys Sandwich. Dann drehte sie sich zu Lucy um.

»Wohl noch nie von der Geschichte der Sümpfe im Teufelsfenn gehört, was junge Frau?« Lucy schwieg.

»Komm jetzt endlich, Marie. Du bist ja verrückt. Belästige hier keine Leute.« Der Mann zog sie hastig weg. Lucy sah den beiden noch lange hinterher, wie sie mit ihren Einkaufstaschen den Supermarkt verließen. Ein seltsamer Fall. Jemand schien im Hintergrund seine Fäden zu ziehen. Und es gab Spuren, die scheinbar ins Nichts zu führen schienen.

So viele Seltsamkeiten kamen zusammen: Der nervöse Vater von Lisa Graven im Fernsehen, dem Mädchen, dem das kettenartige Muster nach ihrem Tod in das Handgelenk geritzt worden war. Dann die nächtlichen Besuche in der Zelle des Wolfs. Der tote Wärter Heiner Abt, der über seine Verhältnisse gelebt hatte. Das Papier mit den rätselhaften Sätzen. Die Flucht aus der Psychiatrie und nun die Sümpfe im Teufelsfenn, die die Frau erwähnt hatte und die vielleicht etwas mit dem Tod der Mädchen zu tun haben könnten?

Lucy war von einer tiefen Ratlosigkeit umfangen.

Würde eines dieser Rätsel zum anderen führen? Würde ein sich lösendes Teil wie bei einer Kettenreaktion schließlich zur gesamten Lösung führen? Sie hoffte es. Nur, wer wollte sie so verwirren?

Als sie aus dem Supermarkt herauskam, war es bereits völlig dunkel. Der Regen schien sich allmählich in Schnee zu verwandeln.

Lucys iPhone klingelte, es war Seghetti. Er hatte die ersten Laborergebnisse. »Der Zettel ist mehrere Jahre alt, wahrscheinlich mehr als 20, Chefin. Und der Grafologe hat auch ein eindeutiges Urteil: Ganz klar die Handschrift eines jungen Mädchens.«

Erzähle mir, was ich schon weiß, dachte Lucy, ließ sich aber nichts anmerken. »Gut. Danke, Seghetti«, sagte sie stattdessen. Er konnte ja nichts dafür. »Das war's für heute. Ich bin echt geschafft. Morgen früh brauche ich Sie. Um 7.30 Uhr auf dem Berliner Fernsehturm. Ich will die Erste da oben sein. Und Sie sind bitte dabei.«

Seghetti war zutiefst irritiert. »Wenn ich eines über Sie bisher gelernt habe, Chefin, dann, dass ich nicht immer Wieso und Warum und anderes fragen darf. Deswegen nur eines: Ich werde da sein. Buona notte!«

-20-

Am nächsten Morgen ging die Sonne fast wie in Zeitlupe über Berlin auf. Lucy kniff die Augen zusammen, das grelle Licht war sie in diesen Herbstmonaten kaum noch gewohnt. Von hier oben schien die Stadt friedlich und ruhig vor ihr zu liegen – und völlig lautlos. Unter ihr, auf dem Alexanderplatz kehrten die Straßenfeger den Partymüll der Nacht zusammen, gehetzt von einer riesigen Kehrmaschine, die mit ihren schwarzen Bürsten alles begierig in sich hineinfraß.

Seghetti hatte während der kurzen Fahrt nach oben im Aufzug kein Wort gesagt. Auch jetzt schwieg er. Er kaute Kaugummi, und für Lucy war es nicht wahrnehmbar, ob ihr Kollege hinter der schwarzen Ray-Ban, die er trug, überhaupt die Augen offen hatte.

»Seghetti! Hier, greifen Sie zu.« Lucy reichte ihm eine Papiertüte, in der zwei noch warme Croissants waren.

In Seghettis Gesicht zeigte sich eine Regung. Er nahm die Tüte in die Hand. »Sind wir hier zum Frühstück, Chefin? Da wüsste ich schönere Plätze. Und vor allem eine bessere Zeit als mitten in der Nacht.«

Lucy sah ihn ernst an. »Natürlich nicht. Ich wollte einfach mal von oben einen klaren Blick bekommen, was in dieser Stadt so einen Lärm macht. Sie wissen, der Lärm, der in der seltsamen Botschaft erwähnt wird, oder besser gesagt die Stille, die es an diesem Ort in Berlin nicht mehr für die Mädchen gab.« Beide blickten kauend in Richtung Tegel im Westen, wo im Minutentakt die Flugzeuge im Sonnenlicht abhoben und landeten.

»Was macht hier keinen Lärm, in dieser verfluchten Stadt?« Seghetti sah sie durch die Gläser seiner Sonnenbrille an. »Keiner kommt hier noch zur Ruhe. Weder am Tag noch in der Nacht. Stille und Berlin? Vergessen Sie es.« Er sah Richtung Norden, wo sich die U-Bahn Linie 2 auf den grünen Stützpfeilern in Richtung Pankow schlängelte. »Selbst in der U-Bahn: Keine drei Minuten dauert es, bis entweder eine usbekische Akkordeongruppe ›New York, New York‹ spielt oder ein Obdachloser mit Straßenzeitung Sie anquatscht und Sie noch übel beschimpft, wenn Sie ihm nichts geben wollen, weil Sie allein in den letzten zehn Minuten bereits von vier seiner Kollegen gefragt worden sind.«

Seghetti ging hinüber zum Kiosk in der Mitte der Kuppel, wo ein junges Mädchen Süßigkeiten und Kaffee verkaufte. »Einmal lebenserhaltende Maßnahmen bitte«, blaffte er, sichtlich schlecht gelaunt und ohne seine Ray-Ban abzunehmen, das Mädchen an, das nicht wusste, wie es darauf reagieren sollte.

»Oh Himmel! Können Sie nicht auch wie jeder andere einfach einen Kaffee bestellen?« Lucy war ihm gefolgt und schüttelte verständnislos den Kopf. »Sie sind so ansteckend, mit Ihrer Guten-Morgen-Laune, Seghetti! Selbst die lila Glücksbärchen kommen Sie morgens besuchen, um Sie in Sachen guter Stimmung um Rat zu fragen, was?« Seghetti verzog das Gesicht. Lucy versuchte ein Lächeln. »Ich komme doch auch noch nicht drauf, was das alles zu bedeuten hat. Welchen Lärm meint er? Was will er uns sagen? Dort unten ist er. Irgendwo. Und wartet. Und wir müssen schneller sein, um ihn zu stoppen.«

»Tut mir leid, Chefin. Das gestern hat mich doch mehr mitgenommen, als ich gedacht hatte.« Sie waren weitergelaufen, links herum in der großen gläsernen Aussichtskuppel. Jetzt sahen sie in Richtung der Stadtautobahn, auf der der Verkehr in Richtung Innenstadt stillstand, so wie jeden Morgen.

»Wissen Sie was?« Lucy sah ihn von der Seite an. »Beenden wir den kleinen Morgenausflug. Wir sollten die Mutter des Wolfs besuchen, Inga Bennett. Sie wird Tag und Nacht beschattet, und bisher hat sich niemand in der Nähe ihres Hauses gezeigt. Aber vielleicht ändert sich das ja demnächst. Kommen Sie!« Lucy ging mit schnellen Schritten weiter in Richtung der Aufzüge. Seghetti wischte sich einen Croissantkrümel von der Backe und folgte ihr. Dass er die Augen hinter seiner Ray-Ban verdrehte, konnte sie nicht sehen.

-21-

Bähm! Er schlug mit voller Wucht zu. Mit geballter Faust und mit ganzer Kraft. Und gleich noch einmal. Bähm! Der Lärm seines Schlages auf das Dach des Autos hallte durch die gesamte Straße. »Verdammte Scheiße!«, schrie einer der beiden Männer, die in dem weinroten Golf saßen. Er hatte vor Schreck seinen vollen Thermosbecher aus der Hand fallen lassen und verzog voll Schmerz sein Gesicht. Der Kaffee ergoss sich in seinen Schoß und lief auf den Boden des Autos.

Seghetti war außer sich vor Zorn. Er sah Lucy an, die hinter ihm die Szenerie beobachtet hatte. »Wie bitte sollen wir eine Chance haben, den Wolf zu erwischen, wenn unsere verehrten Kollegen von der Observation direkt vor dem Haus seiner Mutter parken und selbst jeder Sehbehinderte Sie sofort entdecken kann, Kollegen?« Er beugte sich herunter zum Fahrer, der leise fluchend versuchte, seine Hose mit einem Taschentuch zu trocknen. »Echt gute Arbeit, meine Herren! Zischt ab, und zwar mindestens zwei Straßen weiter. Aber so, dass ihr das Haus noch im Blick habt.« Der Fahrer nickte schuldbewusst, startete den Motor und der Golf fuhr rückwärts in eine kleine Seitenstraße. Lucy sah die anderen Wartenden sofort. In ein paar Autos saßen weitere Männer und Frauen. Sie erkannte sie an ihren großen Kameras auf dem Schoß. Die Reporter der Berliner Boulevardpresse warteten vor dem Haus, ob irgendetwas passieren würde.

»Verdammte Anfänger!«, Seghetti schüttelte den Kopf.

»Und Sie, Seghetti, arbeiten weiter unermüdlich an Ihrem Ruf als härtester Cop Berlins. Los jetzt! Gehen wir rein zu ihr.« Lucy zog die Augenbrauen nach oben, ging die drei Stufen zu dem kleinen grauen Haus hinauf und klingelte. Was würde Inga Bennett, die Mutter des Wolfs, ihnen erzählen können? Seghetti zog seine Walther P99 aus dem Holster und entsicherte sie. Lucy sah ihn scharf an.

»Sind Sie jetzt völlig verrückt, oder was? Stecken Sie die sofort wieder ein, Seghetti! Sie glauben doch nicht im Ernst, dass unser Mann hier drin ist? Oder wollen Sie die alte Frau gleich an einem Herzschlag sterben sehen?« Seghetti atmete tief ein, sicherte die Walther wieder und fügte sich. Lucy drückte auf den Klingelknopf. Einmal. Und gleich noch einmal.

Nachdem der tiefe Schlag der Türglocke endgültig verhallt war, dauerte es vielleicht zwei, drei Minuten, bis im Inneren schwere, schleppende Schritte zu hören waren. Inga Bennett öffnete langsam die Tür, ihr Haar war eisgrau und stand wirr von ihrem Kopf ab, die blauen Augen lagen tief in ihren Höhlen.

»Guten Tag, Frau Bennett. Lucy Westerberg vom LKA Berlin. Mein Kollege, Hauptkommissar Seghetti. Es geht um Ihren Sohn. Dürfen wir einen Moment hereinkommen?«

»Aber ja. Ihre Kollegen sorgen ja draußen schon für Rundumbetreuung für die Presse.« Inga Bennett zog die Tür ein Stück weiter auf. »Kommen Sie.«

Lucy und Seghetti folgten ihr ins Wohnzimmer. Eine graue Katze blickte die beiden wütend an, fühlte sich in ihrer Ruhe gestört und drängte sich an ihnen fauchend vorbei in Richtung Küche.

Lucy sah sich um. Es war ein kleines Wohnzimmer, einige Topfpflanzen, die im schummrigen Halbdunkel der Ecken um ihr Überleben kämpften. Auf dem Kaminsims hatte Inga Bennett gerahmte Fotos platziert. Verblassende Schwarz-Weiß-Bilder einer längst vergangenen Zeit, darauf wahrscheinlich die eigenen Eltern und Geschwister. Daneben neuere, in Farbe, wohl die der Töchter und Söhne und Enkel, weitere hingen an der Wand. Und, was Lucy, als sie auf die Bilder blickte, sofort auffiel: eines schien zu fehlen. Denn in der Mitte war die lila Tapete deutlich dunkler als darum herum. Lucy und Seghetti nahmen auf dem Sofa Platz. Seghetti beugte sich nach vorne.

»Haben Sie eine Ahnung, wo er sich verstecken könnte?«

»Keine. Absolut keine.«

»Fühlen Sie sich bedroht, Frau Bennett?« Lucy blickte sie mit echter Sorge an.

»Ich? Ach Gott. Er ist nach alldem, was war, noch immer mein Sohn.« Die alte Frau machte eine ablehnende Handbewegung.

»Hat Ihr Sohn jemals mit Ihnen über seine Taten

geredet, nachdem er in die Klinik eingewiesen worden war?«

Für den Bruchteil einer Sekunde warf Inga Bennett ihre Stirn in Falten.

»Ach, hören Sie doch auf. Ich habe ihn ja gar nicht so oft besuchen dürfen. Er hat nicht sehr viel über seine Opfer gesprochen. Weder vor noch nach seinen Taten. Nur manchmal über Sophie Reinhard, seine Cousine. Das arme Mädchen ging ihm nicht aus dem Kopf, schien es. Und auch, dass es immer wieder diese Gerüchte über sie gab.«

Lucy wurde hellhörig.

»Welche Gerüchte meinen Sie?«

»Na, dass Sophie offenbar missbraucht worden war. Vom eigenen Vater. Das machte ihn immer unfassbar wütend.« Inga Bennett blickte beide mit traurigen Augen an. »Aber Sie wissen ja besser, dass alle Ermittlungen nichts erbracht haben. Es ist alles so furchtbar. Er ist und bleibt mein Sohn, verstehen Sie?« Sie schluchzte leise. Lucy erschrak innerlich und versuchte sich nichts anzumerken zu lassen. Was für eine gequälte Frau, dachte sie, als sie und Seghetti aufbrachen und die Tür hinter sich zuzogen.

-22-

Lucy fuhr mit Seghetti noch ins Präsidium und dann auf schnellstem Weg nach Hause. Inzwischen hatte sie ihre Tochter Helen knapp zwei Tage nicht mehr gesehen und machte sich zunehmend Sorgen.

Sie hatte fast ihr Haus erreicht, als sie scharf abbremsen musste. Vor ihr auf der Straße stand eine junge Mutter, an ihrer Hand ein kleines Mädchen mit einer schwarzen Wollmütze auf dem Kopf. Die Mutter hatte in einem Tragesack noch einen Säugling vor sich umgebunden, dessen kleine Hand schlaff aus dem Sack heraushing. Voller Zorn blickte die Frau Lucy an. »Verdammt!«, zischte Lucy, schlug mit beiden Händen auf das Lenkrad ihres Defenders und ärgerte sich über sich selbst, dass sie so sehr in Gedanken gewesen war, dass sie die drei fast übersehen hatte. Der Fall ließ ihr keine Ruhe mehr. Sie war erleichtert, als sie wenig später ihr Haus erreicht hatte.

Nur einige Minuten später steckte auch ihre Tochter Helen den Schlüssel ins Schloss, schmiss leise fluchend ihren Rucksack in die Mitte des Flurs, zog sich ihre Chucks aus und ließ sich von Lucy nur etwas widerwillig umarmen. Sie war viel früher als sonst zurückgekommen aus ihrer neuen Schule, dem Kant-Gymnasium. Jetzt waren es schon einige Wochen, seit Helen dort hinging. Lucy war anfangs ein wenig skeptisch gewesen, ob das die richtige Wahl gewesen war. Denn auf diese Privatschule schickten die reichen Berliner ihre Kinder. Zweisprachig deutsch-englisch wurden die meist reichen Töchter und Söhne dort unterrichtet. Viele Eltern brachten ihre Kinder in riesigen weißen Geländewagen zur Schule, manche wurden sogar von einem Fahrer gebracht und wieder abgeholt. Die Mütter der Kinder hatten Lucy besonders amüsiert. Sie alle sahen in ihrem Wohlstand so seltsam gleich aus. Da sage einer, nur Polizisten oder Soldaten tragen Uniform, hatte Lucy gedacht, als sie das erste Mal Helen zum Abschied auf die Stirn geküsst hatte. Die Frauen trugen blondierte Haare, möglichst große Perlenohrringe, einen Seidenschal, blauweiß geringelte Marine-Sweater und wahlweise schwarze Penny-Loafer oder Timberlands. Es schien zumeist ein Leben in Reichtum und Langeweile zu sein, zumindest glaubte Lucy das an den Mienen dieser Frauen erkennen zu können. Aber schließlich hatte sie sich nach vielem Zögern doch für diese Schule entschieden, denn sie lag nur zwei Kilometer von ihrem Haus entfernt, und Helen hatte, da sie als sehr begabt galt, die Aufnahmeprüfung geschafft und ein Stipendium erhalten, weshalb sie kein Schulgeld bezahlen musste.

»Wie wär's, wenn wir beide gleich eine Pizza essen gehen, Helen?« Lucy sah ihre Tochter liebevoll an. Sie war so froh, endlich wieder zu Hause zu sein. Helen zuckte kurz mit den Schultern und nickte.

»Gut, dann geht's gleich los.« Lucy lächelte sie an. »Ich muss nur noch kurz rüber zu unseren neuen Nachbarn, den Färbers. Bin gleich wieder bei dir, und dann geht es zu *Da Pino*, ok?«

Lucy hatte die ganze Fahrt über gegrübelt. Was hatte es mit dem Rätsel um die Sümpfe des Teufelsfenns im Grunewald auf sich, das die alte Frau im Supermarkt erwähnt hatte? Und warum waren diese Sümpfe für junge Mädchen offenbar eine Gefahr? Lucy hoffte, Antje und Fred Färber könnten ihr darauf eine Antwort geben. Schließlich hatten die beiden ihr ganzes Leben in und um Berlin verbracht.

Lucy brauchte nicht einmal zu klopfen. Antje Färber hatte sie schon entdeckt, als sie aus dem Küchenfenster sah, sie winkte Lucy freundlich zu. »Frau Westerberg, wie immer, schön Sie zu sehen. Was gibt es denn, Frau Nachbarin?« Auch ihr Ehemann sah Lucy freundlich an. Fred Färber schnitt gerade eine Zwiebel in feine Würfel und trug dabei eine geblümte Küchenschürze aus Leinen.

»Ich habe eine Frage an Sie beide. An zwei echte Berliner. Was hat es mit diesen Sümpfen im Teufelsfenn auf sich? Und was könnten junge Mädchen mit dieser Sage zu tun haben?«

»Aua.« Fred Färber fluchte leise vor sich hin, er war einen Moment zu abgelenkt gewesen und hatte sich in den Zeigefinger geschnitten. Zwei Blutstropfen rannen auf das Küchenbrett.

»Hm. Also, Frau Westerberg. Dazu kann ich Ihnen etwas sagen. Eine ganz alte Geschichte.« Fred Färber sah seine Frau an und holte Luft. »In dieser Sage heißt es, dass sich Mädchen, die unglücklich verliebt oder verschmäht worden waren, in die Sümpfe wagten, um wegen ihres Liebeskummers aus dem Leben zu scheiden und somit alles, was hinter ihnen liegt, zu vergessen. Eine Sage eben. Nicht wirklich ernst zu nehmen.«

Lucy blickte voller Besorgnis auf Fred Färbers Finger, um den er ein großes Blatt Küchenkrepp gewickelt hatte.

»Danke Ihnen, Herr Färber. Die Sümpfe werde ich mir ansehen. Tut mir leid, dass überall, wo ich hinkomme, Blut zu fließen scheint.«

-23-

»Schlecht?«

»Oh ja. Ziemlich schlecht.«

»Und irgendwie schwindelig?«

»Irgendwie schon, ja!«

Die Pizza Funghi, die sie mit ihrer Tochter Helen gegessen hatte, lag ihr schwer im Magen. Zu viel Käse. Zu viel billiges Olivenöl. Vielleicht würden ihnen beiden ein paar Schritte guttun, hatte Lucy gedacht. Sie hatte die Klappe ihres Defenders hinten geöffnet. Ein Pfiff und ihr Hund Tap war mit einem gewaltigen Satz hineingesprungen. Los ging die Fahrt. Lucy wollte unbedingt wissen, wie es am Teufelsfenn aussah. Sie drückte aufs Gas, und der Defender machte einen gewaltigen Satz nach vorne.

Die Fahrt zum Grunewald dauerte knapp eine halbe Stunde. Wie menschenleer und düster Berlin an manchen Orten doch sein konnte, dachte sie, als sie auf der kleinen Landstraße fuhr, die durch ein großes Waldgebiet mit vielen Eichen und Birken führte. Mit jeder Windböe, die den Defender erfasste, mit jedem Regenschauer, der ihr auf der Frontscheibe entgegenschlug, verloren immer mehr Blätter ihren letzten Halt an den Bäumen und sammelten sich zu kleinen, bunten Bergen, um vom Fahrtwind sofort wieder durcheinandergewirbelt zu werden.

Es war kalt geworden, und Lucy und Helen fühlten sich nach dem Essen bei *Da Pino* seltsam matt. Dann erreichten sie endlich die Sümpfe. Sie bremste ab und hielt auf einem kleinen Waldparkplatz. Tap sprang voller Freude aus dem Wagen und sauste rastlos schnuppernd in Richtung der Sümpfe. Sie sahen wie kleine Krater in einer unwirtlichen Gegend aus, einige bewachsen mit kurzem Schilf, umringt von dünnen, silbrig glänzenden Birken, die so dicht wuchsen, dass es Lucy nicht gelang, mehr als 15 Meter in diese Birkenwälder zu sehen. Alles konnte sich dort im ewigen Halbdunkel verbergen. Vor ihr tat sich ein unendlicher Raum für dunkle Fantasien auf. Kein Wunder, dass hier der Stoff geboren worden war, aus der die Sage um die Mädchen vom Teufelsfenn entstanden war.

Schnell gingen sie und ihre Tochter wieder zum Defender zurück, Helen war eiskalt. Plötzlich klingelte Lucys iPhone, Seghetti war dran.

»Es gibt Neuigkeiten, Chefin. Die letzten Konto-Transaktionen von Heiner Abt sind geklärt. Große Summen sind auf seinem Konto. Auf einen Schlag war er fünfstellig im Plus. Und jetzt kommt's: Das war er in den vergangenen Jahren natürlich nie.« Seghetti machte eine kurze Pause. »Und bevor Sie fragen: Das Geld ging auf seinem Konto ein, kurz bevor der Wolf aus der Psychiatrie verschwand.«

Regungslos blieb Lucy vor ihrem Auto stehen.

»Jemand hat also Abt bezahlt, damit er den Wolf aushorcht und vor allem dafür, dass Abt den Wolf aus Bonnies Ranch herausbringt?«

»Tja, Chefin. Da wäre er dann wieder. Der mögliche zweite Mann im großen Spiel.«

»Richtig, Seghetti. Und der ist wahrscheinlich nicht irgendwer. Hat Geld. Besitzt Einfluss. Wer könnte es sein?«

Seghetti blieb stumm.

»Ich bin mir ziemlich sicher«, setzte Lucy nach. »Es

ist einer von ihnen. Von den Menschen im Westen. Die mit Geld. Einer davon muss es sein. Und vielleicht sogar einer aus den Familien der Opfer. Wen sehen wir uns als Erstes an?«

»Na warum nicht Stefan Reinhard, den Vater von Sophie Reinhard. Er wohnt im Westen. Geld hat er. Aber wohl keine Tochter mehr. Ich habe schon versucht, einen Termin bei ihm zu bekommen, aber sein Vorzimmer blockt jeden Kontakt ab.«

»Ok, Seghetti. So machen wir's. Dann greift eine andere Methode bei Reinhard. Und danach ist Kai Graven dran, der Vater von Lisa Graven.«

»Den finden wir entweder zu Hause oder in seinem Hockeyclub. Da ist er Hobbytrainer. Die Trainingszeiten kommen gleich per WhatsApp.«

»Gute Arbeit, Signore. Versuchen wir, uns in einer halben Stunde vor Reinhards Büro zu treffen.« Lucy legte auf.

Auf einmal war ein lautes Jaulen neben ihr zu hören, neben ihr stand Tap und blickte sie mit seinen großen Augen leidend an. Er hielt seine linke Vorderpfote in die Luft. Lucy ging in die Knie und beugte sich zu ihm herunter. Ein großer Dorn steckte in seiner weichen Vorderpfote. Lucy löste den Dorn vorsichtig heraus, nichts Schlimmes zum Glück. Tap sprang erleichtert vor ihr her in Richtung des Autos.

Lucy fuhr zurück nach Hause. Nie war ihr der Grunewald so trist vorgekommen wie an diesem Novembertag. Es war erst früher Nachmittag und trotzdem musste sie das Autolicht anschalten, um die Straße überblicken zu können.

Sie hatte erst wenige Hundert Meter hinter sich, als ihr iPhone erneut klingelte. Eine Nummer, die sie nicht kannte. Sie drückte den kleinen grünen Hörer und stellte auf Lautsprecher.

»Hallo, Frau Westerberg, Dr. Leonard Flemming hier. Wie geht es Ihnen?« Seine Stimme klang warm und freundlich. Lucy war froh, wieder von ihm zu hören. Mehr, als sie sich selbst eingestehen wollte.

»So weit, so gut, Doktor. Wie kann ich Ihnen helfen?«

»Das ist leider ein gutes Stichwort, Frau Westerberg. Seien Sie sicher: Ich würde Ihre wertvolle Zeit nicht beanspruchen, wenn es nicht so dringend wäre.«

Lucy musste in einer Kurve bremsen und drückte die Lautstärketaste auf ihrem Telefon zwei Stufen höher.

»Ich habe noch mit niemandem darüber gesprochen. Ich habe gestern am späten Abend einen Anruf bekommen. Ein Mann war dran. Er hat mir Geld geboten, wenn ich die Patientenakte von Eric Bennett kopiere und in ein Schließfach im Ostbahnhof lege. Viel Geld. Völliger Irrsinn. Was soll ich nun tun, Frau Westerberg?«

Lucy schaltete herunter in den zweiten Gang und kam in einer kleinen Haltebucht zum Stehen.

»Wie hörte sich der Mann an, Doktor? Wie viel hat er Ihnen geboten?«

»100.000 Euro, Frau Westerberg. Er klang, nun ja, ziemlich aggressiv, aber auch kühl. Berechnend. So, als ob er ein ganz normales Geschäft mit mir durchziehen wollte und so etwas nicht zum ersten Mal macht.«

»Versuchen Sie, sich an so viele Details zu erinnern wie möglich, Herr Dr. Flemming. Ich schicke zwei Kollegen des LKA sofort zu Ihnen, damit wir nichts auslassen, ok?«

»Das ist gut, Frau Westerberg.« Er seufzte hörbar. »Meine Sorge wächst und wächst. Ich hoffe, wir kommen alle gut aus der Sache raus mit Ihrer Hilfe.«

»Hoffen wir es, Doktor.« Lucy atmete tief ein. »Hoffen wir es.«

-24-

Lucy spürte, dass ihr nicht mehr viel Zeit blieb. Nachdem sie Helen zu Hause abgesetzt hatte, holte sie sich an der nächsten Tankstelle einen Cappuccino im Pappbecher. Sie wollte vorankommen in diesem Fall, wenigstens eine Spur zum Wolf aufnehmen können und fuhr direkt zur Firmenzentrale von Stefan Reinhard. Er war einer der bekanntesten Unternehmer der Stadt und hatte sein Vermögen Anfang der 90er-Jahre damit verdient, Software zu entwickeln, mit der Webseiten gestaltet werden konnten. Damals war das noch ein völlig neues Feld, und schließlich brachte Reinhard seine Firma an die Börse und verdiente Millionen. Er verkörperte das, was alle Internetgründer und Start-up-Unternehmer erreichen wollten. Reinhard nutzte seinen Ruf und arbeitete seither daran, große Unternehmen zu beraten. Ein weiteres Millionengeschäft, und das strahlte seine Firmenzentrale auch aus.

Lucy bog mit ihrem Defender in eine kleine Seitenstraße in Wilmersdorf. Links und rechts säumten hohe Platanen die Straße, dahinter standen gewaltige Villen, manchmal auch einer der modernen Bungalows mit Flachdach und schmalen Fenstern. Vor den Auffahrten meistens Buchsbäume oder auch Bambus. Große Warnschilder der Sicherheitsdienste prangten an den schmiedeeisernen Toren – hier blieb nichts unbeobachtet.

Auch Reinhards Büro lag in einem der Bungalows. Lucy sah beim Vorbeifahren, dass es kein Tor gab, und da Seghetti mehrfach erfolglos versucht hatte, einen Termin bei Reinhard zu bekommen, wollte Lucy es nun auf gut Glück versuchen.

Sie fuhr wieder ein Stück rückwärts, hielt gut 100 Meter vor dem Haus an und machte sich auf den Weg. Seghetti stand schon auf dem Gehweg, in sicherem Abstand zum Haus, um nicht aufzufallen. Stumm nickten sich beide zu.

Lucy drückte auf die Klingel, oben entdeckten sie drei Videokameras, die an der Dachkante montiert waren. Am gesamten Haus ging plötzlich die Außenbeleuchtung an, grelle Halogenscheinwerfer strahlten auf sie hinab. »Ja bitte?«, tönte es aus dem Lautsprecher, eine Frauenstimme. Lucy tippte auf eine ziemlich junge Frau.

»Oberkommissarin Westerberg, LKA Berlin, wir würden gerne zu Herrn Reinhard«, sagte Lucy und hielt ihren Mund ganz dicht an die Sprechanlage. Eine ganze Weile war nichts zu hören. Lucy wollte gerade noch einmal klingeln, als der Türsummer ging und die Tür zu ihrer Verwunderung ohne ein weiteres Wort aufsprang. Seghetti drückte die Tür auf. Ein Hund bellte, beide konnten sehen, wie ein massiger Rottweiler hektisch an der bodentiefen Glasscheibe im ersten Stock auf- und absprang und seine sabbernden Lefzen daran rieb. Lucy war gespannt, was sie im Inneren erwartete.

Zögernd traten sie ein, gingen einige Stufen hoch und fanden sich in einer großzügigen Eingangshalle wieder. In der Mitte stand ein massiver Tresen, gebaut aus geöltem, hellem Eichenholz mit einer Deckplatte aus Edelstahl. Dahinter saß nicht eine Empfangsdame, sondern drei, die alle Lucy und Seghetti beim Hinaufkommen fixierten. Eine von ihnen telefonierte gerade und machte sich Notizen. Seghetti fiel die große Kristallschale auf, die vor der jungen Frau stand, gefüllt mit

Hunderten von grünen und roten Schokolinsen. Er griff ohne Zögern hinein und bot auch Lucy mit fragendem Blick ein paar davon an. Sie rollte nur mit den Augen, jetzt war ihr nach der Pizza Funghi noch schlechter.

Die Frau war mit dem Telefonat fertig. Betont langsam wendete sie sich den beiden zu.

»Was kann ich für Sie tun?«

»Wir möchten zu Herrn Reinhard. Es geht um seine Tochter. Wir hatten schon mehrfach nach einem Termin angefragt.«

Die Frau schüttelte den Kopf und blickte auf die zwei Telefone, die direkt vor ihr standen.

»Das tut mir leid. Herr Reinhard befindet sich in einem Geschäftstermin.«

Auf Lucys Stirn bildete sich eine kleine senkrechte Falte.

»Sicher?«

»Ganz sicher!«

Inzwischen telefonierte eine ihrer Empfangskolleginnen, immer wieder machte sie sich Notizen. In Lucy brodelte es, sie hatte endgültig genug von dieser Szenerie. Sie stellte sich auf die Zehenspitzen, reichte mit ihrer Hand über den Tresen und riss der zweiten Frau den Hörer aus der Hand.

»Tut mir leid, Ihren Geschäftstermin zu unterbrechen, verehrter Herr Reinhard. Westerberg hier vom LKA. Nur ein kurzer Hinweis für Sie: Rufen Sie mich an, oder kommen Sie bei uns vorbei. Ansonsten lassen wir Sie vorladen. Einen schönen Tag noch!«

Lucy gab der völlig verschreckten Rezeptionistin den Hörer zurück. Sie machte mit dem Kopf eine winzige Bewegung in Richtung Tür und bedeutete Seghetti, mit ihr das Büro zu verlassen.

»Wie wussten Sie, dass Reinhard in der Leitung ist?« Seghetti schüttelte noch immer sichtlich verblüfft den Kopf, als beide wieder auf der Straße angekommen waren. »Sind Sie Hellseherin, Frau Westerberg?«

»Ach, Seghetti. Hören Sie auf mit dem Quatsch. Das bin ich natürlich nicht. Aber ok, ich besitze in der Tat ein außergewöhnliches Talent, mein lieber Kollege: Ich kann Buchstaben auf dem Kopf lesen. Und zwar vor allem, wenn sie in Großschrift auf einem Bürotelefon im Display stehen, die Lampe des Telefons leuchtet und die Rezeptionistin gerade mit dem Mann, den wir so dringend sprechen wollen, telefoniert. Absolut verblüffend, was?«

»Oh heilige schwarze Madonna von Loreto! Bellissima! Natürlich!« Seghetti lächelte verlegen und zuckte mit den Schultern.

»Tun Sie mir einen Gefallen, Seghetti. Bleiben Sie noch eine Weile an Reinhard dran. Wir müssen ein Bild davon bekommen, was er so treibt.« Seghetti nickte. Dann sah er auf die restlichen Schokolinsen in seiner Handfläche und steckte alle auf einmal in seinen Mund.

Lucy fuhr zurück ins LKA. Noch einmal dachte sie an die junge Mutter, die vor ihr auf der Straße gestanden hatte, zusammen mit dem kleinen Mädchen an der Hand und dem Tragesack vor dem Bauch, in dem ihr zweites Kind friedlich schlief, und die sie fast überfahren hätte. *Worum ging es dem Wolf?*, dachte sie. *Ging es ihm um Babys oder Kleinkinder? Nicht direkt.* Aber irgendwie schien ihr Gegner Töchter im Visier zu haben. *War es tatsächlich möglich, dass ein Rätsel das andere auflösen würde?* Lucy hielt an einer roten Ampel. *Denk nach, Lucy! Denk nach!*

Als sie anfuhr, schoss ihr plötzlich ein Gedanke durch den Kopf. *Doch! Das musste es sein! Kleinkinder, Babys!* Die kleine Hand des Säuglings, die so schlaff aus dem Tragesack herausgehangen hatte. Was trugen Babys direkt nach der Geburt um ihr Handgelenk? Ein Bändchen oder eine kleine Kette mit ihrem Namen und Geburtsdatum darauf. Lucy durchfuhr es eiskalt. So wie das Kettenmuster bei Lisa Graven auch um ihr Handgelenk mit ihrem Namen in der Mitte eingeritzt worden war. Hinter ihr hupte ein Kleinbus mit zwei Handwerkern darin. Lucy hatte sich für einen kurzen Moment in eine andere Gedankenwelt begeben und nicht mehr auf den Verkehr geachtet. Jetzt war sie sich sicher: Ein Bild hatte das andere in ihrem Kopf abgelöst. Es musste eine Babykette sein. Sie fühlte, auf dem richtigen Weg zu sein.

- 25 -

Helen Westerberg dachte, sie müsste sich jeden Augenblick übergeben. Erschöpft strich sie sich ihre seit Neuem wasserstoffblonden Strähnen aus der Stirn. Ihr war schwindlig, keinen Meter würde sie heute noch gehen können. Und schuld daran war Frau Bodlien, ihre Sportlehrerin, die alle Mädchen in ihrer Klasse aus vollen Zügen hassten. Der 800-Meter-Lauf war an diesem Nachmittag Hauptteil des ebenso verhassten Sportunterrichts gewesen. Eine wichtige Vorbereitung für die anstehenden Bundesjugendspiele, hatte Frau Bodlien mit ernstem Gesicht erklärt. Jetzt saßen sie nach überstandenem Lauf auf der rostroten Tartanbahn auf dem Sportplatz hinter dem Kant-Gymnasium. Sie alle kannten nur noch ein Thema, und mit ihren Gedanken waren sie nicht bei den Bundesjugendspielen.

»Was meinst du? Wen wird der Wolf als Nächste holen?«, fragte Chrissie Kramer, die neben Helen keuchend im Gras lag. Helen machte eine abwehrende Handbewegung. Noch immer hatte sie nicht genügend Luft, um überhaupt einen ganzen Satz sagen zu können.

Ihre Klassenkameradin Alexia Limbach hatte die Unterhaltung der beiden mitbekommen und kam näher zu ihnen. »Das werde bestimmt ich sein. Ich fühle es, dass ich die Nächste bin. Und ich habe Angst!«

»Ach komm, Alexia. Das ist doch Bullshit. Du willst doch nur unsere Aufmerksamkeit. Wieso sollte der Wolf ausgerechnet dich töten? So komisch, wie du aussiehst, du Freak!« Chrissie Kramer sah sie verständnislos an.

»Na, weil ich doch auch direkt am See wohne. Frag doch Helen, wie ihre Mutter in dem Fall vorankommt.«

Helen Westerberg atmete tief ein. »Oh Leute, hört mir auf mit meiner Mutter. Die ist total angespannt. Voll ätzende Stimmung zu Hause wegen der ganzen Sache.«

»Also alles wie immer, was Helen?« Alexia legte ihren Arm auf Helens Schulter. »Die Frage ist doch: wer kann uns alle vor dem Irren retten? Das ist doch alles total CSI-mäßig jetzt in Berlin. Wie heißen die Typen, die einen Mörder verfolgen? In sein Gehirn kriechen? Alles über ihn rausfinden? Profiler?« Alexia nahm einen Schluck aus ihrer Wasserflasche. »Kann ich nachher noch mit zu dir nach Hause kommen, Helen? Meine Schwester holt mich ab, wie jeden Mittwoch.« Helen nickte ihr zu.

Chrissie Kramer strich sich eine Haarsträhne aus dem Gesicht und wischte sich mit einem Handtuch den Schweiß von der Stirn. »Ich weiß, wer es ist«, sagte sie, machte eine Pause und sah die anderen beiden triumphierend an. Inzwischen hatten sich immer mehr Schülerinnen um die drei geschart.

»Und? Wer ist es, Frau Schlau?« Helen sah sie fragend an. »Na, ist doch klar.« Chrissie machte eine Kunstpause. »Herr Jenter, unser Musiklehrer. Der mit seiner bekloppten chromatischen Tonleiter, seinen komischen selbst gestrickten Woll-Pullundern und den Gesundheitsschuhen. Der Typ ist doch noch wahnsinniger als jeder Serienkiller.« Helen und Alexia mussten lachen.

»Sei sofort still, Chrissie!« Leider hatte auch Frau Bodlien, ihre Sportlehrerin, mitbekommen, über wen sich die Mädchen lustig gemacht hatten.

»Während ihr gerannt seid, hat es eine neue Anweisung aus dem Rektorat gegeben. Ab sofort dürft ihr nur noch zu zweit das Schulgelände verlassen. Keiner geht mehr alleine nach Hause oder zu den Schulbussen. Verstanden?«

Die Mädchen nickten missmutig. »So, und jetzt ab nach Hause!« Frau Bodlien zog sich den Reißverschluss ihrer Trainingsjacke ganz hoch. Eilig verließen die Mädchen den Sportplatz. Die Dämmerung zog bereits herauf an diesem Nachmittag. Die Laternen auf dem Weg zum Parkplatz vor dem Sportgelände sprangen eine nach der anderen an. Viel früher als sonst.

-26-

Lucy zuckte kurz. Ein kurzes helles Leuchten, das sie beim Fahren ablenkte. Seghetti hatte sich per WhatsApp gemeldet. Sie las die Nachricht beim Fahren. ›GRAVEN JETZT BEIM HOCKEYTRAINING, PLATZ DES HCS IN SCHÖNEBERG.‹

Sie antwortete mit einem Smiley und dem nach oben gerichteten Daumen zum Dank und gab Gas. In weniger als 20 Minuten hatte sie den Hockeyclub erreicht. Es war einer der Berliner Traditionsklubs, und seltsamerweise war Hockey auch mehr als 25 Jahre nach der Wende ein Sport, der fast nur im Westen der Stadt gespielt wurde. Und meist von den wohlhabenden Töchtern und Söhnen dieser Stadt.

Lucy fand einen Parkplatz direkt vor dem Klub und machte sich auf den Weg zu den Plätzen. Es mussten die letzten Trainingseinheiten im Freien sein, eigentlich war die Feldhockeysaison schon längst zu Ende. Schon von Weitem erkannte sie Kai Graven. Sie war gut darin, sich Gesichter zu merken – und vor allem seins, nachdem sie sein Interview im Fernsehen gesehen hatte. Er stand in der Mitte des Kunstrasenplatzes, das Flutlicht verlieh ihm ein zusätzlich fahles Aussehen. Die kleinen Mädchen, sie mochten vielleicht zehn oder höchstens zwölf Jahre alt sein, übten Sieben-Meter-Schüsse. Gravens T-Shirt hing ihm auf einer Seite aus der Hose.

Sie näherte sich ihm von hinten. Auf einmal bemerkte er Lucy und zuckte kurz zusammen. Als sie nur noch wenige Meter vor ihm stand, konnte sie seine grauen Bartstoppeln im Gesicht erkennen. Sie ließen sein gesamtes Gesicht noch blasser wirken, als es ohnehin schon war. Er sah ungewaschen aus.

»Guten Tag, Herr Graven. Westerberg vom LKA.« Lucy zeigte ihm ihre Dienstmarke und gab ihm die Hand, die er nur zaghaft schüttelte. »Könnten wir kurz miteinander sprechen? Es geht um Ihre Tochter und auch um die neuesten Entwicklungen in der Stadt.« Lucy deutete auf die Seitenlinie des Felds und ging einen Schritt vor ihn. Graven nickte stumm und folgte ihr.

»Als ich Sie das letzte Mal im Fernsehen sah, wirkten Sie extrem bedrückt. Wie geht es Ihnen jetzt?«

Graven räusperte sich. »Na ja, es tut mir gut, die Mädchen hier zu trainieren. Das mit Lisa wissen Sie ja alles. Aber jetzt habe ich seit einem halben Jahr auch noch den Konkurs meiner Firma am Hals. Es ist so verdammt schwer, wissen Sie.« Lucy sah ihn mitfühlend an.

»Was haben Sie beruflich gemacht, Herr Graven?«

»Ich bin selbstständiger Ingenieur, Maschinenbau. Dann kamen die Chinesen und haben unseren Bereich aufgekauft. Zack, von heute auf morgen. Meine Mitarbeiter sind freigestellt, nichts mehr zu tun. Einfach so, ohne Vorwarnung. Es hat mir den Boden unter den Füßen weggerissen, wissen Sie? Ich weiß nicht mal, ob ich mein Haus noch halten kann. Hier kann ich all das für eine kurze Weile vergessen.«

»Haben Sie irgendetwas Verdächtiges bemerkt, seit Eric Bennett aus der Klinik geflohen ist? Irgendetwas, was Ihnen anders erschienen ist seither?«

Graven schüttelte den Kopf und sah in Richtung der Mädchen. »Nein, nichts. Nur, dass meine Alpträume nun ständig wiederkehren. Immer wieder träume ich von Lisa. Was ist mit ihr geschehen? Wie genau hat dieses Scheusal meine Tochter ermordet? Wo ist sie? Alles kommt wieder hoch! Ich fühle mich, als ob ich verrückt werde, verstehen Sie?« Lucy konnte die Verzweiflung dieses Mannes förmlich spüren. Sie legte mitfühlend ihre Hand auf seine Schulter, doch er wischte sie sofort weg.

»Lassen Sie das! Bitte. Lisas Mutter ist an genau diesen Gedanken zerbrochen. Vor drei Monaten ist sie gestorben, und ich weiß nicht mehr ein noch aus. Niemand kann mir helfen.« Er sah entsetzlich grau aus in dem milchig-weißen Flutlicht, fand Lucy. Fast schon leblos.

»Mein Beileid, Herr Graven. Das war mir nicht bekannt. Erlauben Sie mir eine letzte Frage. Haben Sie irgendeine Idee, was das eingeritzte Muster am Handgelenk mit dem Namen Ihrer Tochter bedeutet haben könnte?«

Plötzlich sah er nicht mehr traurig aus, sondern sehr wütend, fand Lucy, als sie ihm in die Augen blickte.

»Ach, Frau Westerberg. Hören Sie bitte auf. Meine

Frau und ich sind so oft danach von der Polizei gefragt worden. Wir haben uns eine gefühlte Ewigkeit darüber den Kopf zerbrochen und sind doch nie auf irgendetwas gekommen.«

Er zuckte kurz zusammen, dann wandte er sich von ihr ab. Doch Lucy machte einen halben Schritt um ihn herum, damit sie ihm ins Gesicht blicken konnte.

»Ich sage Ihnen, was das ist, Herr Graven! Es ist eine Art Geburtsarmband. Und der Täter schrieb auch noch auf einen Zettel: ›Sie nehmen euch eure Mädchen!‹ Meinte er Ihre Tochter? Gibt es noch andere Töchter? Welche Bedeutung hat dieser Satz?«

Graven schlug die Hände vors Gesicht.

»Ich weiß es doch nicht! Er ist doch völlig wahnsinnig! Bitte lassen Sie mich!« Dann schwieg er.

Lucy bereute es, ihn so hart angegangen zu haben. Doch sie ließ sich nichts anmerken.

»Schon gut, Herr Graven. Entschuldigen Sie die Störung. Ich wünsche Ihnen trotz allem noch einen schönen Abend!«

Lucy ging vom Platz und sah noch einmal zurück. Graven stützte sich an der Außenbande ab, so als sei er völlig entkräftet. Sie holte ihr iPhone aus der Manteltasche und schrieb Seghetti eine kurze Nachricht:

»GRAVEN WILL NICHTS SAGEN. ABER BEI EINEM BIN ICH SICHER: ER KENNT DIE BEDEUTUNG BEIDER BOTSCHAFTEN. UND ZWAR SCHON SEHR LANGE.« Dann drückte sie auf »Senden«.

Lucy fuhr die Straße des 17. Juni entlang. Die Siegessäule und die Victoria darauf erstrahlten in Gold. So viel heller als am Tag. Als Kind war sie mit ihrem Vater einmal die Treppen hochgestiegen. Jetzt sah sie, wie die Prostituierten am Tiergarten allmählich Position bezogen. Sie standen dort fast so dichtgedrängt in einer Reihe wie Balletttänzerinnen. Feierabendverkehr, hätte Seghetti jetzt bestimmt zu dieser Szenerie gesagt. Und sie selbst hätte so getan, als ob sie seinen Witz richtig schlecht gefunden hätte. Neben den Frauen am Straßenrand standen ein paar Zeitungsverkäufer, die die neuen Ausgaben der Boulevardzeitungen anpriesen. »Wo steckt die Bestie?«, titelte der Berliner Express. Lucy schüttelte nur den Kopf. Sie hörte beim Fahren den Polizeifunk. Ein ruhiger Tag. Leider. Nur ein paar verdächtige Autos, die kontrolliert wurden, nichts Besonderes.

Das Schicksal von Kai Graven ging ihr näher, als sie gedacht hatte. Noch einmal kam ihr auch Stefan Reinhard in den Kopf. Welche Motive konnte er haben? War hier viel Geld, sein Geld im Spiel? Hatte er Heiner Abt bezahlt? Hatte Reinhard angerufen bei Dr. Flemming, dem Psychiater, und versucht, an die Patientenakte des Wolfs zu kommen? Und wo war seine Tochter Sophie Reinhard zu finden? Wollte der Vater sich rächen und war bereit, dafür jeden Preis zu bezahlen? Oder war all das nur die Rache eines schlecht bezahlten, frustrierten Krankenpflegers gewesen? Es war höchste Zeit, Reinhard schnell zur Rede zu stellen. Wie auch immer es genau sein mag, dachte Lucy, irgendetwas ließ sie spüren: Dieser Mann bedeutete ein hohes Risiko.

-27-

Er wartete. Das war er gewohnt. Er war geduldig geworden im Lauf der Jahre. Irgendwann würden sie alle zu ihm kommen. So oder so. Es war seit einer Woche Winterzeit und wurde extrem schnell dunkel im herbstlichen Berlin. Der weiße BMW X5 stand im blassgrauen Licht des beginnenden Abends in der Tiefgarage. Manchmal klackte der Elektromotor des Garagentors, wenn ein anderes Auto hinein- oder herausfuhr. Er war in einem dieser großen Bürohäuser, im Osten von Potsdam. Und es war gar nicht schwer für ihn zu finden gewesen. Er war dem Mädchen einfach von der Schule gefolgt. Ein paar Tage lang, meistens saß es hinten im Bus, manchmal wurde es von einer jungen

Frau abgeholt. Vielleicht war es seine Schwester, vielleicht seine Cousine oder Tante. Immer mittwochs ging es mit dem anderen Mädchen nach Hause und wurde dann von der jungen Frau dort abgeholt.

Es war so einfach. Ein paar weitere Tage hatte er die junge Frau und das Mädchen im Schein der Wohnzimmerbeleuchtung beobachtet. Wie sie zusammen aßen, sich stritten und manchmal anbrüllten. Sie konnten ihn nicht erkennen. Dafür war er viel zu erfahren. Niemand war so gut im Beutemachen wie er. Der Vater war selten zu Hause. Ging um 7 Uhr morgens in die Garage, vorbei am großen Schwimmteich mit den Seerosen, die längst verblüht waren. Vor 22 Uhr kehrte er nie zurück, oft war er tagelang weg, ließ die beiden Mädchen alleine zurück. Eine Mutter schien es nicht zu geben, jedenfalls sah er nie eine ältere Frau im Haus, die das hätte sein können.

Jetzt hörte er wieder Schritte. Jemand kam näher. Er hatte die beiden Stapel mit den Winterreifen etwas von der Wand gerückt. Dahinter war genug Platz für ihn. Die Schritte wurden lauter. Und lauter. Jemand kam auf ihn zu. Es war die junge Frau. Sie suchte ihren Schlüssel, alles wurde auf einmal ganz still. Er bestimmte die Regeln dieses Spiels.

Durch einen Spalt sah er die Spitzen ihrer dunkelblauen Pumps auf dem Garagenboden, gleich würde sie in das Auto steigen. Zumindest würde sie es noch versuchen. Er musste lächeln. Sein Herzschlag beschleunigte sich, ihm wurde warm. Was war das nur immer? Vorfreude, auf das was kommen würde? Aufregung? Er könnte es jetzt tun. Aber er wollte nicht. Noch nicht. Warum nicht noch ein bisschen mit der Beute spielen? Alles andere wäre so furchtbar langweilig. Fast so wie immer. Sie parkte auf einem der Frauenparkplätze. Welch bittersüße Ironie, dachte er. So sollten es die Frauen sicherer haben. Dabei sorgte ein solcher Platz nur dafür, dass er es leichter hatte und danach ganz leicht entkommen konnte. Schnell zum Ausgang, wenn er es geschafft hatte und weg.

Die Tiefgarage hatte eine Tür an der Seite, mit Durchgang direkt in die Büros. An der Wand führte ein riesiger Lüftungsschacht aus Aluminium nach oben. Gleich würde sie einsteigen, aber wenn er es wollte, würde sie sofort zu ihm kommen. Und sie hatte keine Wahl.

Er wartete einen Augenblick, alles war ein Kinderspiel. Einmal zog er kurz und heftig am Türgriff auf der Beifahrerseite. Nun konnte das Spiel seinen Lauf nehmen. Es dauerte nur wenige Sekunden, bis sie reagieren musste. »Ach nein, nicht schon wieder!«, fluchte die Frau leise, als der BMW blinkte und hupte. Ja, das dachten sie alle. Fehlalarm. Auch deshalb würde keiner der Kollegen Verdacht schöpfen. So etwas kam bei ihren teuren Autos andauernd vor.

Es war so weit. Er schlich sich hinter dem Kofferraum gebückt zu ihr. Als sie sich zur Autotür beugte, tippte er ihr von hinten auf die Schulter, um sie ein wenig zu erschrecken. Ihre Augen weiteten sich vor Panik. Sie öffnete den Mund, brachte aber keinen Ton heraus, so groß war ihre Angst. Er kannte das schon, gestand sich aber ein, wie amüsant das jedes Mal war, immer auf eine ganz eigene Weise. Im Todeskampf war sich kein Mensch gleich, immer gab es eine neue, eine überraschende Nuance, dachte er. Sie wollte sich wehren, aber er war stark. Er packte sie von hinten, hielt sie an den Handgelenken fest, dann drückte er ihr den Mund zu. Auf ihrer Stirn stand der Schweiß. Ganz plötzlich waren die kleinen Silberperlen zu sehen. Sie stöhnte kurz verzweifelt auf und ließ aus ihrer linken Hand den Schlüsselbund fallen. Voller Überraschung spürte sie seine Kraft. Für ihn war es ein perfekter Mittwoch.

-28-

Sie musste dringend mehr über Stefan Reinhard und sein Leben erfahren. Eigentlich alles. Sie drückte die Tasten ihres iPhones, noch einmal wollte sie versuchen mit dem Mann zu sprechen, der ihr vielleicht doch noch mehr über denjenigen erzählen konnte, der seine Tochter auf so grausame Weise verloren hatte. Es läutete fünf Mal, dann ging Staatsanwalt a. D. Dr. Martin Oster endlich an sein Handy.

»Westerberg hier, guten Abend, Herr Dr. Oster.«

»Ah, die Kommissarin. Na, wie stehen die Dinge? Brauchen Sie Nachhilfe?«

»Lassen Sie die Scherze, Herr Oster. Ich habe aber in der Tat noch ein, zwei Fragen an Sie, die Herrn Reinhard betreffen. Was glauben Sie, steckt hinter all diesen mysteriösen Botschaften? Aber was mir vor allem noch wichtiger ist: Warum fehlen in der Ermittlungsakte einige Seiten? Wer verheimlicht hier etwas?«

Es herrschte Stille in der Leitung. Oster schien mit der Antwort nicht herauszuwollen. Lucy spürte, dass er sich irgendwie ertappt fühlte.

»Hm. Also. Ich sage es ganz einfach, wie es ist, Frau Westerberg. Und Sie versprechen mir maximale Diskretion. Gegen Reinhard wurde ermittelt, von der Staatsanwaltschaft 2. Es ging um den Verdacht des Kindesmissbrauchs. Und darum, ob er seine Tochter misshandelt haben könnte.

Lucy bremste scharf ab und brachte den Defender am Straßenrand zum Halt. Hinter ihr setzte aufgrund ihres abrupten Manövers augenblicklich ein Hupkonzert ein.

»Was? Sie wissen ja wohl, was das heißt, Herr Dr. Oster! Das macht Reinhard unmittelbar zu einem möglichen Mitwisser in allen Fällen! Und es erklärt trotzdem nicht, warum unter Ihrer Führung Akten verschwinden!«

»Sachte, sachte, Frau Westerberg. Wir dachten, dass all das mit dem Wolf nur sehr indirekt zu tun haben könnte und haben die Akte ausgeliehen. Sie kam nie zurück. Das können Sie nachprüfen. Bei mir gab es keine Schlamperei! Nie!« Oster klang zutiefst verärgert. »Wissen Sie, was gegen Reinhard herauskam? Nicht viel. Seine Tochter hatte blaue Flecken, ein paar Schürfwunden, aber bewiesen werden konnte gar nichts! Fall geschlossen.«

Lucy verdrehte die Augen. »Wir müssen unbedingt mit Reinhard reden. Und Sie müssen uns dabei helfen, Herr Oster! Wir kommen an ihn nicht heran. Ich kann ihn nicht zwingen, mit uns zu kooperieren. Vielleicht können Sie Ihren Einfluss auf ihn geltend machen? Gerade weil Sie mit ihm früher zu tun hatten?«

Oster schien irgendetwas hinunterzuschlucken und ließ sich Zeit mit der Antwort.

»Ich werde darüber nachdenken, Frau Westerberg. Obwohl ich über all das, was geschehen ist, schon viel zu viel nachgedacht habe.«

-29-

Wie kleine silberne Nadeln glänzte der Asphaltboden vor dem Kant-Gymnasium. Aus den Tautropfen konnten schon sehr bald Eiskristalle werden. Es war ungewöhnlich kalt geworden an diesem frühen Abend. Ein Mädchen nach dem anderen wurde nun nach Ende des Sportunterrichts abgeholt. Eine lange Reihe von Autos wälzte sich am Hauptportal der Schule entlang. Helen Westerberg und Alexia Limbach hatten sich bei ihrer Sportlehrerin abgemeldet und gingen wie jeden Mittwoch gemeinsam zur Bushaltestelle. Ungeduldig hielten sie Ausschau.

Es fing an, leicht zu nieseln. »Da ist er endlich!« Alexia zog Helen leicht am Arm, beide Mädchen gingen an der Haltestelle auf und ab, winkten dem Hausmeister der Schule aus der Ferne noch einmal zu, der kontrollieren sollte, dass keines der Mädchen alleine das Schulgelände verließ. Dann endlich kam der Bus und sie stiegen ein.

Es waren nur ein paar Stationen, bis der Bus in der Nähe ihres neuen Hauses hielt. Helen und Alexia war in der Dunkelheit heute ein wenig mulmig zumute. Die Straßen waren menschenleer. Bald hatten sie das Haus erreicht. Helen machte einen Tee für sich und ihre Freundin. Ihr Hund Tap war draußen im Vorgarten und kaute ausdauernd auf einem riesigen Ast herum. Noch hatten sie genug Zeit, bis ihre Schwester vorbeikommen und Alexia abholen würde. So wie jeden Mittwochabend.

-30-

Es schien ihr so etwas wie eine letzte Gelegenheit zu sein. Lucy war sofort zu ihm gekommen, als Seghetti ihr eine WhatsApp geschickt hatte, um sie zu informieren, dass Reinhard in seinen Fitnessclub gefahren war. Der »Homme Palace« in der Nähe des Kurfürstendamms, die Premium-Mitgliedschaft für 850 Euro im Monat nur auf Anfrage. Politiker, Industrielle und Schauspieler versuchten hier den Kopf freizubekommen. Jetzt warteten Seghetti und sie schon fast zwei Stunden, dass er herauskommen würde. Sie konnten hochblicken, dort oben musste er jetzt Gewichte heben, auf einem Fahrrad oder in der Sauna sitzen, oder auch nur an der Bar. Lucy schien, als ob die Zeit nicht vergehen wollte. Immer wieder blickte sie auf ihr iPhone, um die Uhrzeit abzufragen. Das machte alles nur noch endloser. Manchmal hasste sie ihre Arbeit.

Dann endlich tat sich etwas. Die Tür des gläsernen Foyers öffnete sich. Er war es tatsächlich. Reinhard sah sich nach links und rechts um, er hatte eine schwarze Sporttasche umgehängt und ging mit schnellen Schritten zu seinem Auto, einem anthrazitfarbenen Jaguar Coupé. Aber er kam nicht weit. Seine Miene verfinsterte sich, als er sah, wer plötzlich vor ihm stand.

»Das ist doch nicht Ihr Ernst, oder?«, blaffte er Lucy an.

»Bitte, Herr Reinhard. Ich muss mit Ihnen reden. Sie wissen ja offenbar schon, wer ich bin.« Lucy hielt ihn in ihrer Verzweiflung am Ärmel seines Wollmantels fest.

»Natürlich weiß ich, wer Sie sind! Ich lese ja Zeitung. Aber damit eins klar ist: Ich will nicht mit Ihnen reden, Frau Westerberg! Fassen Sie mich nicht an! Was fällt Ihnen eigentlich ein? Wollen Sie, dass ich Dienstaufsichtsbeschwerde gegen Sie und Ihren …« Er sah Seghetti mit einem geringschätzigen Blick an, »… Ihren Assistenten einlege, der mich schon den ganzen Tag unzulässigerweise verfolgt? Er drehte seinen Arm blitzschnell ein wenig nach oben, sodass Lucy den Halt verlor und ihren Griff lockern musste.

»Bitte, Herr Reinhard. Wir müssen ihn stoppen. Er wird es wieder tun. Vielleicht heute schon!« Auf einmal erschien es ihr, als ob Reinhard schlagartig zur Ruhe und ins Überlegen kam. Er sah sie an. »Wissen Sie, ich habe Ihnen und Ihren Kollegen damals vertraut.« Lucy spürte, wie resigniert Reinhard war. Während er redete, blickte sie in seinen Jaguar. Etwas Helles blitzte in der Mittelkonsole auf. Sie kniff ein wenig die Augen zusammen. Was war das?

»Ich wollte der Polizei vertrauen, Frau Westerberg. Verstehen Sie?«, fuhr Reinhard fort. »Und das werde ich nicht noch einmal tun. Meine Tochter ist verschwunden, und niemand hat seither auch nur eine winzige Spur. Was sollten dann Sie beide hier noch ausrichten können? Das war's. Kommen Sie nicht auf die Idee, mich noch einmal zu belästigen. Guten Abend.« Er machte einen Schritt zu seinem Wagen.

Während er sprach, hatte Lucy fieberhaft überlegt, warum ihr das, was sie dort sah, so bekannt vorkam. Sie quälte sich selbst, bis ihr die Antwort kam. Das, was da im Auto funkelte, war eine golden glitzernde Handyhülle mit den Initialen »SR«. »SR«, zusammengesetzt aus Swarovski-Kristallen für Sophie Reinhard. Genau so eine, wie sie in der Akte beschrieben worden war, eine, wie sie Sophie Reinhard am Tag ihres Verschwindens bei sich gehabt hatte und die offenbar nie wieder aufgetaucht war.

Reinhard wandte sich von ihr und Seghetti ab. Kurz drückte er auf die Fernbedienung seines Wagens.

Geräuschlos schwang die Klappe des Kofferraums auf, in den er seine Sporttasche warf. Wortlos ging er zur Fahrertür, stieg ein und schlug sie zu.

»Schnell!«, sagte Lucy zu Seghetti, der konsterniert vor ihr stand. »Wir müssen an ihm dranbleiben! Abwechselnd! Ab sofort lassen wir ihn nicht mehr aus den Augen!« Beide gingen zu ihren Autos, als Reinhard mit hohem Tempo den Parkplatz verließ.

Es war ein Spiel mit Risiko. Würde Reinhard sie nun noch mal entdecken, dann war es nur eine Frage von Minuten, bis er offizielle Beschwerde gegen sie einlegen würde. Seghetti und sie hielten knapp 150 Meter Abstand. Viel zu viel, um ihn nicht doch irgendwann aus den Augen zu verlieren. Aber Lucy wollte nicht aufgeben. Noch nicht. Seghetti übernahm mit seinem Wagen, einem roten Alfa Romeo, die Führung.

-31-

Sie hupte drei Mal. Das tat sie sonst nie. Tap war schon zu dem grünen BMW hinausgestürzt, irgendetwas schien ihn völlig zu begeistern. Helen fand das seltsam, denn sonst interessierte sich Tap kein bisschen dafür, wenn Alexia von ihrer Schwester abgeholt wurde.

Alexia packte ihre Sachen. Ihre Schwester hupte schon wieder. »Was hat sie nur? Warum ist sie so ungeduldig und kommt nicht einfach zur Tür? Oh Mann, Helen. Ich sag es dir. Sei froh, dass du keine ältere Schwester hast.« Alexia nahm ihre Jacke, blies die Backen auf und ging raus.

»Warte, ich komme noch mit dir mit und sehe mal nach, was Tap da so treibt«, sagte Helen und ging mit ihrer Freundin nach draußen. Alexias Schwester hatte die hintere linke Tür des Autos halb offen gelassen. Im Inneren des Autos brannte kein Licht. Helen war verwundert. Tap saß hinten auf der Rückbank und kaute auf etwas herum. Alexias Schwester saß am Steuer und blickte nach vorne, ohne ein Wort zu sagen.

Ihre Schwester hatte ihre dunkelblaue Golfmütze aufgesetzt, die Alexia so sehr hasste. So unendlich spießig sah Sara damit aus, fand Alexia. Sie hatte beide Hände am Lenkrad und trug ihre dunkelbraunen Wildlederhandschuhe. Und dann lief im Auto auch noch diese schreckliche 80er-Jahre-Musik. ›I won't let the sun go down on me‹, Alexia wurde jedes Mal übel, wenn sie dieses Lied mithören musste.

Alexia stieg schon ein und machte die Tür zu, während Helen auf die andere Seite ging, sich in die Mitte der Rückbank beugte und versuchte, Tap zum Rauskommen zu bewegen. »Komm schon, Tap! Raus hier! Die beiden wollen jetzt los. Auf was kaust du denn hier rum?« Helen sah, dass Alexias Schwester dem Hund einen kleinen Knochen gegeben hatte. Sie schwieg noch immer, der Motor dröhnte.

Helen beugte sich noch ein kleines Stück weiter zu Tap, packte ihn am Halsband und zog ihn mit sanftem Druck an ihr vorbei. Endlich sprang er auf die Straße. Doch plötzlich, als sie sich umdrehte, merkte sie, wie Alexias Schwester direkt hinter ihr stand. Helen schrie auf, als sie mit roher Gewalt zurück in das Auto gestoßen wurde. Blitzschnell schlug Alexias Schwester die Tür zu. Panisch versuchten die beiden Mädchen die Türen wieder aufzubekommen. Tap bellte und jaulte von draußen. Doch Helen und Alexia hatten keine Chance. So verzweifelt sie es auch versuchten, die Kindersicherung verhinderte, dass die hinteren Türen von innen geöffnet werden konnten.

Die Reifen drehten durch, der Wagen raste mit den beiden Mädchen davon. Alexia sah, wie der Drehzahlmesser auf 4.000 Umdrehungen hochschnellte. Alexia versuchte, in den Rückspiegel zu blicken, um ihre Schwester direkt ansehen zu können. Doch alles, was sie erkennen konnte, war ihre Jacke. Der Rückspiegel war nach unten gedreht worden. Auch die Seitenspiegel waren abgeklappt. Wer immer da am Steuer saß, sie konnte es nicht erkennen. Plötzlich fiel ihr noch etwas auf: Der Fahrersitz war ganz nach hinten geschoben worden, ganz anders als sonst. Und auch nicht so hoch eingestellt. Ihre Schwester war doch viel kleiner.

Der Wagen raste am Heiligen See vorbei. Die beiden Mädchen erschraken, als mit einem lauten Klacken die Verriegelung des Autos gleichzeitig an allen vier Türen heruntersprang. Nun gab es kein Entkommen mehr für sie. Helen spürte abgrundtiefe Angst in sich. Sie blickte schräg nach vorne in den Fußraum und machte eine schreckliche Entdeckung. Helen sah, wie derjenige auf dem Fahrersitz nun Vollgas gab. Er trug massive Trekkingschuhe. In einer Männergröße. Helen und Alexia wussten nicht, wie ihnen geschah. Kein Wort hatten sie vor Furcht mehr herausbringen können. Instinktiv spürten sie, dass sie in eine Falle getappt waren.

Angsterfüllt nahmen sich die beiden Mädchen an den Händen, sie wussten nicht, wie ihnen geschah, während der Wagen in die Dunkelheit raste. Auf einmal spürten beide eine entsetzliche Müdigkeit, gegen die sie sich nicht mehr zu wehren vermochten. Draußen auf der Straße saß Tap nun ganz alleine, fiepte leise und verzweifelt vor sich hin und sah dem Wagen hinterher.

-32-

Bald würde er am Ziel sein. Dort, wo sie so sehr gelitten hatte. Dort, wo jetzt die anderen waren, all die, die nach ihr an der Reihe gewesen waren. Hinten im Kofferraum tat es einen dumpfen Schlag. Die Betäubung wirkte. Immer. Er musste lächeln. Fast hätte sogar er sich gerade erschreckt. Aber er wusste ja, was dieses Geräusch verursacht hatte. Sie mochten sich wehren, so sehr sie konnten, sie würden ihm nicht mehr entkommen. Gleich würde es so weit sein. Sie waren kurz vor dem Ziel.

Zwei kleine Mädchen spielten auf dem Gehweg mit einem roten Ball, Hand in Hand mit Vater und Mutter. Wie glücklich sie aussahen, wie ausgelassen sie miteinander tobten. Immer wieder versuchten sie, sich gegenseitig den Ball zu klauen. Wieder musste er an seine Schwester denken. Wie sie zusammen zur Schule gegangen waren – immer zu spät und den Kopf voller Träume – und wie sie sich gegenseitig ausmalten, was sie später einmal alles tun würden. Was aus ihnen werden würde, wenn sie endlich die Schule hinter sich hätten. Endlich groß und erwachsen wären und die Welt endlich ihnen gehören würde. Wie sie zusammen durch die Straßen Kreuzbergs getobt waren, mit ihren Rollern um die Wette fuhren, bei den Nachbarn Sturm klingelten, immer und immer wieder. Wie sie sich hinter den Büschen versteckten, bis die Nachbarn endlich wüst schimpfend und mit hochroten Köpfen herausgestürmt kamen, er und seine Schwester ihnen dann die Zunge herausstreckten und so schnell wegrannten, wie sie nur konnten. Eine glückliche Zeit. Momente, die sich ihm in seine Erinnerung eingebrannt hatten. Die so kurz waren, und doch so kostbar. Nicht wieder zu greifen. Nie wieder zu erleben. Jetzt war er nur noch glücklich, wenn er eines der Mädchen in seinen Besitz gebracht hatte. So wie Sophie. So wie Helen und Alexia. Wenn er ihnen schließlich zeigen konnte, was seine Schwester durchlitten hatte. Wie sie sie gequält hatten. Erst in ihren Häusern, wo sie manchmal als Babysitterin gearbeitet hatte. Und dann hier, in diesem riesigen Gebäude, wo sie sie hingebracht hatten. Wo sie elend zugrunde gegangen, ihr Wille gebrochen worden war, sie zum Schluss nur noch wimmern konnte, innerlich kaputt, äußerlich ein rotgeheultes Etwas, das nicht mehr ein noch aus wusste.

Bevor er die Mädchen hierhin brachte, fuhr er immer noch einmal die alten Wege entlang, die er und seine Schwester gegangen waren. Das half ihm, sich an all das zu erinnern, was geschehen war. Das Gute und das Böse.

Er löste sich von seinen Gedanken, fast waren sie schon da. Das dumpfe Schlagen aus dem Kofferraum hatte aufgehört. Er schaltete herunter, ließ den Wagen an der Kurve ausrollen. Es war Zeit, dorthin zurückzukehren, wo sie ihr Ende gefunden hatte. Er musste vollenden, was er begonnen hatte. Das war er seiner Schwester schuldig. Und es war für ihn die einzige Möglichkeit, das alles erdrückende Gefühl seiner eigenen Ohnmacht und Hilflosigkeit für einen Augenblick zu vergessen. Er musste es tun. Immer und immer wieder, denn es verschaffte ihm einen kurzen Moment der Erlösung.

-33-

Langsam kam sie wieder zu sich. Was war nur geschehen? Sie fühlte sich schwindelig. Alles tat ihr weh. Wo war sie? Ganz langsam versuchte sie, den ersten halbwegs klaren Gedanken zu fassen. Sie hatte zusammen in dem Wagen gesessen mit Alexia. Sie hatte diese großen Schuhe gesehen, die unmöglich zu Alexias Schwester gehören konnten. Was danach geschehen war, daran konnte sie sich nicht erinnern. Sie wollte sich bewegen, aber sie konnte nicht. Sie wollte schreien. Aber sie war dazu nicht fähig.

Ruhig, Helen. Ganz ruhig, dachte sie. Was hatte ihre Mutter ihr immer gesagt? Wenn du in Panik gerätst, machst du alles nur noch viel schlimmer. Dann denkst du nicht mehr nach und triffst die falschen Entscheidungen, die möglicherweise in den Tod führen könnten. Sie horchte in sich hinein. Spürte, wie stark ihr Herz klopfte, wie es damit beschäftigt war, das rauschende Blut durch ihre Adern zu pumpen. Immer schneller. Das Atmen fiel ihr schwer. Sie spürte, dass etwas in ihrem Mund steckte. Etwas, das sie nicht ausspucken konnte. Es fühlte sich rau an, und gleichzeitig weich. Es musste ein Stück Schaumstoff oder etwas Ähnliches sein. Sie versuchte, ihre Hände zu bewegen. Fast musste sie über sich selbst lachen. Es war so dunkel, dass sie nicht einmal erkennen konnte, wo sich ihre Hände überhaupt befanden. *Keine Angst, Helen!*, befahl sie sich selbst erneut. *Gerätst du jetzt in Panik, wird er wütend und bringt dich sofort um!*

Dann merkte sie, dass ihr ihre Hände auf den Rücken gebunden worden waren. Sie bewegte ihre Fingerspitzen, die ganz taub waren, ein pelziges, dumpfes Gefühl. Ihre Handgelenke schmerzten. Sie tastete weiter. Da war irgendetwas. Auf ihrem Rücken schien ein immenser Druck zu lasten. Sie streckte ihre Fingerspitzen aus. Was war das? Es war auch an ihren Beinen, direkt hinter ihr. Sie hatte eine Ahnung: Es war ein weiterer Körper, direkt neben ihr. Sie konnte die anderen Hände jetzt ertasten.

Sie hatte Angst. Wer konnte das sein? Die Hände waren warm. Und ganz weich. Wo immer sie war. Es roch muffig, feucht. Sie bekam immer schlechter Luft. Sie fühlte, wie sie hektisch Luft einzuatmen versuchte. Immer mehr. Immer schneller. Sie hörte nur noch auf ihren Herzschlag, als sie die anderen Hände endlich losließ. Sie stieß sich mit den Beinen von einer Wand ab. Da war noch etwas. Etwas, das sie in unendliche Panik trieb. Da war noch eine Hand. Doch sie war eiskalt. Und ganz schlaff. Helen merkte, wie sie ganz plötzlich alle Kräfte zu verlassen schienen.

-34-

Es hatte keinen Sinn mehr. Wütend gab Lucy auf und ließ sich zurückfallen. Ihr Defender war viel zu träge, um Reinhard verfolgen zu können. Plötzlich ging ein Anruf bei Lucy ein. Es war Sadik, ihr Chef. Sie drückte, ohne auch nur eine Sekunde abzuwarten, den grünen Knopf.

Sadik war einer der erfahrensten Polizisten in ganz Berlin, das wusste Lucy. Aber sie merkte sofort, nachdem er sich gemeldet hatte, wie schockiert er über das sein musste, was er ihr jetzt zu sagen versuchte. »Sie müssen stark sein, Frau Westerberg! Ganz stark! Jetzt wird es persönlich. Alles, was wir bisher wissen, ist: Ihre Tochter Helen und eine ihrer Klassenkameradinnen sind offenbar entführt worden. Von wem …«, Sadik machte eine lange Pause, »… das können wir bisher nur vermuten.«

Lucy ließ den Hörer in ihren Schoß sinken. »Nein«, flüsterte sie ganz leise zu sich selbst. »Nein. Bitte, lass sie nicht …!« Für einen Augenblick spürte sie, wie das rote Licht der Ampeln vor ihren Augen verschwamm und immer unschärfer wurde.

Seghetti musste es alleine versuchen, weiter an Reinhard dranzubleiben. Und irgendwie schaffte er es. Drei bis vier Wagen ließ er zwischen sich und Reinhard.

Doch plötzlich drängte ein LKW mit Anhänger von rechts von der Auffahrt auf die Landstraße. Seghetti beschleunigte und ließ ihn nicht hinein, was den LKW-Fahrer wütend machte. Er hupte und zeigte Seghetti den Vogel. »Ach, leck mich doch, Manfred!«, zischte Seghetti, als er in den Rückspiegel sah und das Namensschild des Fahrers entzifferte, das an der Windschutzscheibe vor dem LKW-Lenkrad klebte.

Es wurde immer schwieriger, Reinhard in seinem Jaguar zu folgen. Er beschleunigte, wann immer er konnte, auch in den Kurven. Wo wollte er nur hin? Inzwischen hatten sie den Grunewald erreicht. Reinhard fuhr endlich etwas langsamer. Bald würden sie am Teufelssee vorbeikommen. Und tatsächlich: Reinhard bog ab in einen kleinen Parkplatz, direkt am See. Seghetti hielt hinter ihm an einer kleinen Einmündung in den Wald, um nicht aufzufallen. Er parkte seinen Wagen direkt dort und lief rüber zum Parkplatz. Er zog seine Walther aus dem Holster und entsicherte sie. Dann schaltete er sein Funkgerät an, steckte sich einen Kopfhörer ins rechte Ohr und gab der Zentrale seinen Standort durch. Alleine hier zu sein barg extreme Gefahren für ihn, das wusste er.

Als er den Parkplatz erreicht hatte, konnte er gerade noch Reinhards Schatten erkennen. Er trug einen dunkelgrauen Businessanzug und blieb abrupt stehen, als er das Ufer des Teufelssees erreicht hatte. Er drehte sich ein paar Mal um, schien abzuwarten. Hatte er Seghetti entdeckt? Seghetti duckte sich hinter einem Baum.

Vielleicht wartete Reinhard auch auf jemanden? Dann erschrak Seghetti plötzlich. Er hatte den Lautstärkeregler seines Funkgeräts zu hoch eingeschaltet. Er fluchte leise, als er den Funkspruch mithörte, den die Zentrale nun durchgab:

»Achtung! Alle Einheiten in erhöhter Alarmbereitschaft. Frau, Mitte 30, in Potsdam. Mutmaßliches Tötungsdelikt.«

Seghetti merkte, wie ihm trotz der Kälte immer heißer wurde. Er musste jetzt hierbleiben. Bei Reinhard. Was immer auch gleich geschehen würde.

»Verdacht auf Täter?«, fragte auf einmal eine dunkle Stimme per Funk. Es war Sadik, der sich direkt eingeschaltet hatte.

»Verdacht auf Bennett«, antwortete der Kollege in der Einsatzzentrale.

»Anhaltspunkte für diesen Verdacht?«, fragte Sadik.

Seghetti sah rüber zu Reinhard, der auf den See zu blicken schien. Es dauerte nur einen kurzen Moment, bis sich die Zentrale erneut meldete.

»Anhaltspunkt eindeutig: Biss in den Hals des Opfers. Mutmaßlicher Tod durch Verbluten.«

Seghetti fühlte sich mit einem Schlag noch unwohler am Ufer des Teufelssees.

-35-

Er hatte Lucy und Seghetti im Abstand von nur wenigen Augenblicken angerufen, und er kochte vor Wut. Er wollte beide sofort sprechen. Auge in Auge. Wie hatte all das nur passieren können? Welches Bild gab seine LKA-Abteilung 1 jetzt ab, nachdem niemand den Wolf bisher hatte stoppen können? Taner Sadik lockerte seine Krawatte und machte den obersten Hemdknopf auf. Auf seiner Stirn funkelten zwei winzige Schweißperlen. Ihm war abwechselnd heiß und dann wieder eiskalt. Und er hatte unbändigen Hunger.

Lucy und Seghetti trafen fast gleichzeitig im LKA ein. Alle Büros waren besetzt, viele Kollegen machten Doppelschichten. Telefone läuteten. Andere Ermittlerteams diskutierten aufgebracht, wie der Wolf zu stoppen sein könnte. Alle spürten, wie die Anspannung zugenommen hatte, seit Sadik seine Kollegen zum ersten Mal um sich versammelt und die Jagd auf den Wolf begonnen hatte.

Beide warteten im Flur, direkt vor Sadiks Zimmer. Sie schwiegen – ungewiss, was ihr Chef nun von ihnen wollte. Drinnen schien es ganz still zu sein. Sie waren sich noch nicht einmal sicher, ob er überhaupt noch in seinem Büro war. Das war gar nicht seine Art. Entweder telefonierte Sadik so laut, dass es das gesamte Stockwerk mitbekam, oder aber die Tür zu seinem Büro stand weit offen. Er war kein Mann, der vor seinem Team Geheimnisse hatte. Das schätzten sie an ihm. Doch heute schien das anders zu sein.

Seghetti hielt die Stille nicht mehr aus und versuchte, Lucy ein wenig von ihren tiefen Sorgen abzubringen. »Seit er Diät macht, ist er wirklich unausstehlich, oder?« Er sah Lucy mit einem kleinen Lächeln an.

»Hm«, machte sie nur und zuckte mit den Schultern. Nervös rieb sie ihre Hände. Wie lange würde sie die Angst um ihre Tochter noch ertragen? Ihre Gedanken waren ganz weit weg. Dort, wo Helen jetzt war. Wo immer das auch sein mochte.

»Es ist schon merkwürdig. Erst zitiert er uns so schnell wie es nur geht hierhin. Dann passiert rein gar nichts, und in seinem Vorzimmer sitzt auch niemand. Ich geh' mal nachsehen.«

Seghetti ließ sie stehen und ging leise zu der großen Flügeltür, die in Sadiks Büro führte. Er klopfte einmal. Zaghaft. Ein zweites Mal. Schon fester. Nichts rührte sich. Inzwischen war Lucy Seghetti gefolgt und stand direkt hinter seinem Rücken. Beide waren besorgt, als sich nichts rührte. Seghetti drückte nach dem dritten Klopfen die Klinke vorsichtig herunter und öffnete die Tür einen Spalt weit.

»Hmmmmpfff!! Ffftoppp!«, hörten beide ihren Chef auf einmal plötzlich rufen. Sadik versuchte mühsam Luft durch seine Nasenlöcher einzuatmen. Er hatte den Mund voll mit einem halben Käsebrötchen und versuchte, während er panisch seine Kollegen ansah, verzweifelt ein zweites Brötchen in der noch geöffneten oberen rechten Schublade seines Schreibtisches vor ihnen verschwinden zu lassen. Sein Gesicht färbte sich auf einen Schlag dunkelrot, als er erkannt hatte, dass Lucy und Seghetti ihn ertappt hatten und dass es völlig sinnlos war, das, was hier gerade geschah, vor ihnen noch weiter verbergen zu können.

Er wischte sich ein paar Brötchenkrümel vom Revers. »Na kommen Sie rein, es hilft ja nichts«, sagte er, sah die beiden an und versuchte ein gequältes Lächeln.

»Guten Abend, Chef!«, sagte Seghetti und nahm neben Lucy Platz. Er hatte drei Kaffeebecher in einem Pappträger mitgebracht.

»Kleiner Kaffee, Chef?«, fragte Seghetti. »Sahne? Zucker?«

Sadiks Gesicht lief rot an. »Was glauben Sie, Seghetti? Sahne! Zucker! Schokostreusel! Und doppelt Karamellsirup für mich!« Er schlug die Hände vors Gesicht. »Meine Frau. Die verdammte Diät. Und dann noch Sie! Alle wollen mich hier fertigmachen. Aber das wird Ihnen nicht gelingen!« Sadik rang nach Luft, kam dann aber wieder schnell zur Sache. Er sah sie ungewöhnlich ernst an. Und seine Stimme wurde jetzt viel leiser. Das ließ nichts Gutes ahnen.

»Sie beide, Frau Westerberg und Herr Seghetti, versuchen Ihr Bestes. Das weiß ich. Aber das scheint nicht zu reichen. Um es kurz zu machen: Die Politik sitzt mir im Nacken. Was glauben Sie, was hier los ist? Der Innensenator fragt stündlich. Der Regierende Bürgermeister genauso. Alle bedrängen mich. Die Stadt kennt kein anderes Thema mehr als die Jagd nach dem Wolf. Ich bin zu einer Entscheidung gekommen: Sie beide haben noch 72 Stunden. Andernfalls werden andere LKA-Einheiten die Leitung des Falls übernehmen, klar? Ich stehe hinter Ihnen, Frau Westerberg. Aber dieser Druck wird für uns alle zu hoch. Und Sie können aus Sorge über Ihre Tochter vermutlich auch nicht mehr vollkommen professionell ermitteln. Sie stehen doch völlig neben sich, Frau Westerberg. Besser wäre, Sie gingen mal zum Arzt, so schwer lasten die Sorgen um Ihre Tochter auf Ihnen. Das sehen wir doch alle. Wir müssen gemeinsam überlegen, wie das alles weitergehen soll und was das Beste für uns alle ist, verstehen Sie?«

Lucy sah ihn sprachlos an und zog für einen kurzen Moment die Augenbrauen hoch, als er weitersprach. Er machte eine kurze Pause und fasste sie mit seinen großen Händen für einen Moment am Unterarm.

»Und noch etwas, bitte: Den kleinen Vorfall von eben vergessen wir, ok? Machen Sie sich unverzüglich zum Tatort auf, wo die junge Frau gefunden worden ist in der Tiefgarage. Eigentlich müsste ich Sie beide sofort von diesem Fall abziehen, das wissen Sie. Aber noch hat sich niemand von der Dienstaufsicht gemeldet. Falls das kommt, sind Sie raus aus der Sache. Aber eines habe ich gerade eben entschieden, liebe Kollegen. Ab sofort wird Seghetti die Führung in diesem Fall übernehmen. Sie sind ja gerade kaum noch in der Lage klar zu denken, Frau Westerberg, so sehr nimmt Sie das alles mit.«

Lucy fühlte sich wie ein kleines Mädchen beim Schulrektor. Nicht ernst genommen. Sie versuchte sich nichts anmerken zu lassen und stand ruckartig auf. »Aber sicher, Chef. Dann weiter guten Appetit und Gruß an Ihre Frau«, sagte Seghetti noch beim Rausgehen. Lucy folgte ihm mit versteinerter Miene, unfähig auch nur ein Wort zu sagen. Die Angst um Helen war übermächtig geworden. Aber es nur den anderen überlassen, ihre Tochter zu retten? Das kam für sie nicht in Frage und so war sie für Sadiks Entscheidung auch dankbar.

»Soll ich Sie erst mal nach Hause fahren?«, fragte Seghetti und blickte Lucy mit seinen schwarzen Augen und einer Mischung aus Fürsorge und Mitleid an.

»Lassen Sie es gut sein. Zuhause würde ich wahnsinnig werden – jetzt, wo Helen nicht mehr da ist.« Sie räusperte sich nervös. »Alles, was ich hoffe, ist, dass ich sie wiedersehen werde. Alles andere würde ich nicht ertragen können, das weiß ich.« Was, wenn sie vielleicht nicht mehr zurückkommen wird? Dann verließen beide das LKA.

-36-

Es roch beißend nach Moder und Schimmel. Und es war entsetzlich kalt und dunkel. Helen Westerberg versuchte sich zu bewegen, aber sie wusste ja nicht einmal, wohin. Sie fühlte sich vollkommen im Dunkel gefangen. Noch immer steckte etwas in ihrem Mund. Wenn sie die Zungenspitze nach vorne streckte, stieß sie wie gegen eine Wand. Sie blieb mit ihrer Zunge an etwas hängen, es klebte an ihr, saugte sich fest. Sie bekam eine Ahnung, was das sein könnte. Ihr Mund war mit Klebeband verschlossen worden. So eng, dass ihr Kiefer höllisch schmerzte, als sie versuchte, den Mund weiter zu öffnen. Angst erfüllte sie. Sie versuchte zu schreien. Doch es gelang ihr nicht. Von irgendwoher schien etwas zu tropfen. Es war das einzige Geräusch, das sie alle paar Sekunden vernahm. Verzweifelt versuchte sie, sich zu drehen, zu ertasten, wo sie sein könnte. Ihre Hände waren hinter dem Rücken fest zusammengebunden. Helen ging in die Hocke, versuchte, sich an der Wand abzustützen und sich daran abzudrücken. Wo immer sie auch war: Es war sehr eng hier. Und die Wände fühlten sich so rau an. Wie Holz. War sie in einer großen Kiste gefangen? Sie konnte sich nicht ganz ausstrecken, immer wieder stieß sie an Ecken und Kanten. Und wo war Alexia?

Sie tastete sich weiter. In der Stille, wenn es nicht tropfte, und wenn sie nicht auf ihren dröhnenden Herzschlag hörte, spürte sie plötzlich einen leichten Atemzug neben ihrem Ohr. Da war etwas. Da war jemand. Ein menschlicher Körper, so viel war sicher. War das ihre Freundin Alexia? Helen konnte nur ein verzweifeltes Stöhnen hervorbringen. Doch wer immer dort auch neben ihr lag: Helen erhielt keine Antwort.

Plötzlich zuckte Helen zusammen. Sie war sich schon lange nicht mehr sicher, was nur in ihrem Kopf geschah und was in Wirklichkeit. Sie glaubte, Schritte gehört zu haben. Nach einem Augenblick der Stille hörte sie sie wieder. Der dumpfe Hall wurde lauter. Jemand schien näher zu kommen. Auf einmal hatte sie keine Zweifel mehr. Sie hörte, wie sich ganz langsam ein Schlüssel in ein Schloss schob. Ein Klacken. Ein zweites Mal. Mit einem kaum wahrnehmbaren Quietschen ging eine Tür auf. Helen drückte sich voller Furcht an eine der Wände. Sie konnte sehen, wie ein dünner Lichtstrahl vor ihr auf den Boden drang. Er blendete sie, doch nur kurze Zeit später hatten sich ihre Augen daran gewöhnt. Sie schien tatsächlich in einer großen Kiste aus massiven Holzbrettern zu stecken. Mit ihrem linken Auge konnte sie durch einen Spalt sehen. Unter ihr machte sich jemand an der Kiste zu schaffen. Rüttelte an ihr. Helen konnte zuerst einen Schatten sehen, dann ein Bein, mit einer grauen Hose, auf der braune Flecken versprengt waren. Was konnte das sein? Getrocknetes Blut? Sie hielt den Atem an, als sie sah, dass jemand eine schwarze Wollmaske vom Boden aufhob. Dann verschwamm alles vor ihr. War das der Wolf? War dieses Bild das Letzte, was sie auf dieser Welt sehen würde?

-37-

Er musste unglaubliche Gewalt angewendet haben, um sie so zuzurichten. Lucy und Seghetti sahen sich schockiert an, als sie in der Tiefgarage eingetroffen waren. Aus dem Lüftungsschacht aus Aluminium in der Garage war das Gitter herausgerissen worden. Im Inneren des Schachts steckte nun der Kopf einer jungen Frau, die dort mit aller Brutalität hineingedrückt worden sein musste. Grotesk verkantet. Kein Millimeter passte mehr zwischen ihren Schädel und die Aluminiumwand. Noch immer tropfte aus dem Schacht Blut auf den nackten Betonboden.

Die Kollegen von der Spurensicherung schienen ratlos. Wie sollten sie den Leichnam der jungen Frau da herausbekommen?

»Habt ihr das Opfer schon identifiziert? War er es?«, fragte Seghetti einen von ihnen.

Der Kollege in seinem weißen Schutzanzug mit Kapuze zuckte nur mit den Schultern. »Pfft. Seghetti, wie sollen wir das wissen? Wir kommen ja nicht mal an ihre Finger heran, um Abdrücke nehmen zu können. Sie steckt da vollkommen fest. Kein Vor, kein Zurück. Vielleicht hat die Kollegin ja einen heißen Tipp für uns alle. Wie sieht's aus, Frau Westerberg? Obwohl: Sie leiten die Ermittlungen ja nicht mehr, wie man hört, sondern Seghetti,oder?« Sadiks Entscheidung hatte sich schnell bei den Kollegen herumgesprochen.

Lucy ärgerte sich über den höhnischen Kommentar. *War es richtig von ihr, einfach weiter zu ermitteln?*, *dachte sie. Zu versuchen, sich so von ihrer Sorge um ihre Tochter abzulenken, anstatt sich komplett zurückzuziehen und anderen das Feld zu überlassen?*

Sie antwortete dem Mann von der Spurensicherung nicht und ging stattdessen noch näher zu dem starren Körper der jungen Frau. Sie konnte eine riesige Wunde an ihrem wachsbleichen Hals erkennen. Rasend schnell musste sie fast all ihr Blut verloren haben. *Er war so gerissen und suchte weiter neue Opfer. So, als ob ihn irgendetwas oder irgendjemand dazu angestachelt hatte*, dachte sie.

Seghetti war einige Meter hinter ihr, hielt sein Handy am Ohr und nickte immer wieder. Er sah sie mit festem Blick an, als er sich ihr wieder näherte.

»Finale Bestätigung vom Schulsenat, welche Mädchen fehlen«, sagte er und machte eine Pause. Lucy sah ihn ungeduldig an. »Und? Welche fehlen? Was ist los mit ihnen? Ich ahne es doch sowieso schon.«

Inzwischen hatten Seghetti und zwei Kollegen mit allen Kräften den leblosen Körper ein Stück weit aus dem Schacht herausgezogen. Seghetti durchsuchte die Hosen- und Jackentaschen. In der Innentasche ertastete er eine kleine Geldbörse. Wortlos durchsuchte er die Fächer, bis er endlich ihren Personalausweis fand.

Er räusperte sich. Es kam Lucy wie eine Ewigkeit vor, bis er antwortete. »Also gut. Alexia Limbach. Die Schwester des Opfers, vor dem wir hier stehen, ist die zweite.« Lucy nickte stumm. Der Wolf bluffte nicht. Er hatte sie tatsächlich in seiner Gewalt. Und er war dabei, das Spiel für sich zu entscheiden.

»Wenn er meiner Tochter etwas antut, töte ich ihn eigenhändig«, sagte sie leise zu sich selbst.

-38-

Es war, als ob sie aus einem tiefen See langsam wieder auftauchen würde und nach einer kaum enden wollenden Zeit endlich wieder die Wasseroberfläche erreicht hatte. Begierig sog sie die Luft ein. Sie war wieder bei Bewusstsein. Das Licht war erneut ausgegangen. Aber Helen hatte noch immer das Gefühl, dass der Mann nicht fortgegangen war. Sie glaubte, fühlen zu können, dass da ein beständiger leichter Luftzug durch die Ritzen ihres Holzverschlags strömte. Er ließ sie frösteln. Dann schreckte sie zusammen.

Ganz plötzlich hatte es geblitzt. So grell, dass sie wie gelähmt in das Licht starrte. Sie dachte zu erblinden. Was tat der Mann da vor ihr? Helen versuchte, sich einen Moment zu besinnen, als sich vor ihr eine der Bretterwände öffnete. Das Licht war angegangen in dem hohen, kahlen Raum. Sie sah ihn vor sich. Der Mann hatte die schwarze Maske über den Kopf gezogen und blickte ihr direkt in die Augen. Panik umfing sie. Eine nicht mehr einzudämmende, alles beherrschende Panik.

»Wo bin ich? Was machen Sie mit mir?« Helen merkte, wie sie vor Angst nur noch ein heiseres Flüstern zustande gebracht hatte. Sie zwang sich zu einem neuen Gedanken. *Helen! Verwickele ihn in ein Gespräch! Lenk ihn ab!* So hatte es ihr ihre Mutter immer erzählt, wenn die Polizei mit Geiselnehmern verhandelte. Sie nahm all ihren Mut zusammen und blickte ihm in die Augen. Kein Zweifel. Bernsteinfarbene Augen. Der Wolf.

Er ging einen Schritt auf sie zu. Plötzlich merkte sie, wie groß und kräftig er war. Er erwiderte ihren Blick und sah sie fest an. »Du bist, wo alle anderen auch waren. Und wirst genau ihren Weg gehen. Damit sich endlich etwas ändert. Damit sie sehen, was sie tun!«

Was tun? Was ändern?, dachte Helen in ihrer Verzweiflung. Sie hatte sich kurz nach hinten umgedreht. Für einen Moment hatte sie neuen Mut geschöpft. Sie war hier nicht alleine. Nun sah sie es. Direkt hinter ihr lag Alexia. Doch sie bewegte sich nicht.

Helen nahm alle Kräfte, die sie noch besaß, zusammen.

»Lassen Sie wenigstens meine Freundin frei!«

Er schüttelte den Kopf. »Wir werden sehen. Jetzt machst du dich erst einmal hübsch für mich.« Er drehte sich um und ging in Richtung der Tür. »Ich bin bald wieder hier bei dir.« Dann schloss er zwei Mal hinter sich ab und verschwand lautlos. Helen begann zu weinen.

-39-

Der Geruch des Fleischs, der ihnen entgegenströmte, ließ sie zögern, ob es tatsächlich eine gute Idee gewesen war, hier hineinzugehen. Hunger hatten sie beide nicht, nachdem, was sie gerade gesehen hatten. Aber vielleicht war es doch keine schlechte Idee von Seghetti gewesen, für sie und ihn zwei türkische Tees im Kebap-Laden schräg gegenüber vom Bürohaus zu bestellen und zu überlegen, wie es nun weitergehen könnte. Wenigstens für einige Minuten wollten sie versuchen nachzudenken.

Lucy ließ ganz langsam einen Löffel Zucker am Rand ihres Glases hinabgleiten. »Wir haben nicht mehr viel zu verlieren, Seghetti. Sadik sitzt uns im Nacken, der Wolf ist noch immer frei, und Helen und Alexia sind in seiner Gewalt. Aber eines kommt mir immer wieder in den Sinn. Wir müssen herausfinden, welche Rolle Reinhard in dieser ganzen Geschichte spielt.«

Seghetti rührte mit seinem kleinen Löffel im Glas herum, bis sich auch bei ihm der letzte Zuckerkrümel in dem dunklen Tee aufgelöst hatte.

»Sie haben recht, Frau Westerberg. Vor allem, nachdem er am Teufelsfenn auf irgendetwas oder irgendwen gewartet hatte. Gut, er ist ohne, dass irgendetwas passiert ist, wieder abgefahren. Aber er war nicht einfach so da, um Luft zu schnappen.« Seghetti sah Lucy eindringlich an. »Ich weiß, er ist nicht der, den Sie um Hilfe bitten wollen. Aber geben Sie sich bitte einen Ruck: Dr. Oster muss uns irgendwie weiterbringen.«

Lucy atmete tief ein, bevor sie einen kleinen Schluck Tee nahm. »Oster? Er widert mich so an. Aber Sie haben Recht, Seghetti. Wir müssen ihn dabeihaben. Ohne ihn sind wir wahrscheinlich verloren und kommen nicht an Reinhard heran. Vielleicht ist es besser, wenn Sie das übernehmen. Ich war beim letzten Mal zu unfreundlich zu ihm. Kontaktieren Sie Oster bitte und tun Sie alles, was Sie für nötig halten.«

Lucy schloss ihre Augen. Sie hatte rasende Kopfschmerzen. Was sie und Seghetti unternahmen, war gegen alle Vorschriften. War das das beginnende Ende ihrer Polizeikarriere? Ein ungelöster Fall. Mehrere Opfer. Und der mutmaßliche Mörder weiter auf der Flucht. Aber es ging um etwas, das viel wichtiger als alles andere war. Es ging um das Leben ihrer Tochter Helen. *Oh, mein Gott. Ist das alles noch wahr? Wie soll ich ohne Helen künftig sein?* Es war eine grausame Erkenntnis, die sie übermannte.

Als sie ausgetrunken hatten und zurück zum Wagen gegangen waren, meldete sich knarzend die Zentrale im Polizeifunk.

»Wagen 719. Potsdam, Ecke Kastanienallee. Flüch-

tiger Täter. Trägt eine schwarze Kopfbedeckung. Alle verfügbaren Einheiten Verfolgung sofort aufnehmen.«

»Das ist direkt um die Ecke!«, rief Seghetti und ließ den Motor an. Er jagte den Drehzahlmesser bis in den roten Bereich. Lucy und er hielten Ausschau, als sie die Kastanienallee erreicht hatten. Was sie rund 200 Meter vor sich entdeckten, ließ sie erschrecken. Da rannte tatsächlich ein Mann durch die Allee. So schnell er konnte an den alten Kastanien vorbei, sie konnten ihn nur von hinten sehen. Aber er trug etwas Schwarzes auf dem Kopf. Hinter ihm versuchten zwei uniformierte Polizisten ihn einzuholen. Plötzlich blieb der Mann in der Allee stehen. Völlig außer Atem. Dann nahm er wieder Tempo auf, sprintete, so schnell er konnte. Seghetti brachte den Wagen zum Stehen und rannte in vollem Lauf den beiden anderen Polizisten hinterher. Mit angstgeweiteten Augen blickte sich der Mann zu ihnen um. Als die drei immer näherkamen, hielt er plötzlich an und drehte sich um. Seghetti und die anderen beiden Polizisten zückten ihre Pistolen und zielten auf ihn. Sofort hob er die Hände. Als sie ihn vor sich sahen, merkten sie, dass er eine schwarze Baseballkappe trug. Und auch schwarz war.

Seghetti holte mühsam Luft. »Habt ihr diesen verdammten Funkspruch abgesetzt, Kollegen? Schwarze Kopfbedeckung? Flucht? Ihr wisst schon, dass eine solche Beschreibung momentan dazu führen kann, dass irgendjemand hier durchdreht«, keuchte er.

»Entschuldigung, Kollege«, murmelte einer der Streifenpolizisten kleinlaut. Aber der Mann wollte uns nicht seine Papiere zeigen. Und bei der Anzahl von illegalen Flüchtlingen sind wir eben auf der Hut. Vor allem, weil er sofort weggerannt ist.«

»Oh porca miseria! Das gibt es doch alles nicht. Macht das nie wieder, ihr Amateure!« Seghetti stützte sich mit beiden Händen auf seinen Knien ab und spuckte auf den Gehweg, während er dumpf keuchte.

-40-

Es war ihr wie eine Ewigkeit vorgekommen. Sämtliches Gefühl für Zeit war ihr verloren gegangen. War es Tag? War es Nacht? Der Schlüssel drehte sich im Schloss. Ein metallisches Klacken hallte durch den Gang, als der Riegel aufsprang. Nun kehrte er zurück zu ihr und Helen fühlte, dass sich ihr Schicksal jetzt entscheiden würde. Er trug etwas in der rechten Hand. »Ich habe dir etwas mitgebracht. Es wird dir stehen.« Sie wunderte sich, dass sie eine gewisse Neugier in sich verspürte. Sie blickte auf das, was er vor ihr ausbreitete. Es sah aus wie ein Stück Leinwand. Rauer, fester Stoff. Wie Leinen, oder eine Art Segeltuch. Er sah auf den Stoff, legte ihn sorgsam auf den Boden und entfaltete ihn. »Ganz bald schon bist auch du ein Mitglied dieses Bundes«, sagte er und strich wie in Zeitlupe über das Gewebe. Dann breitete er es ganz vor ihr aus. Es musste ein Kleidungsstück sein. Helen bebte vor Angst. Es sah wie eine Jacke aus. Doch das war keine normale Jacke. Sie hatte kleine Gürtel überall, mit metallenen Löchern. Und kleine Gürtel an den Armen, die seltsam lang waren. Dann erinnerte sie sich. Sie hatte so etwas einmal in einem der Horrorfilme gesehen, die sie und ihre Freundinnen sich manchmal ansahen. Doch das hier war furchtbarer Ernst. Es war eine Zwangsjacke. Sie erschauderte und spürte, wie sich die winzigen Haare an ihrem Nacken aufrichteten. Und es war noch furchtbarer. Denn auf die Jacke hatte der Mann Fotos getackert. Unzählige Fotos. Von Mädchen, die blutverschmiert und geschunden auf einem Betonboden lagen. Einem Boden, wie dem, auf dem nun sie stand.

Plötzlich hielt sie inne. Ein Schrei war zu hören. Hell und schrill.

Es gab keinen Zweifel. Irgendwo da draußen in den Gewölben musste noch jemand anderes sein. Noch einmal ein spitzer Schrei. Wie nur jemand schreien kann, der nichts mehr zu verlieren hat und um sein Leben zu kämpfen versucht. Alles zermürbend hallte es durch die Gänge. Der Mann schloss schnell die Tür hinter sich. Das Schreien wurde wieder dumpfer. Vielleicht gibt es doch noch jemanden, der uns aus dieser Hölle befreien kann, dachte Helen.

-41-

Seghetti hatte Lucy doch noch vor ihrem Haus abgesetzt. Sie fühlte sich vollkommen erschöpft. Nur wenig später klingelte ihr Handy. Die Nummer war unterdrückt, sie meldete sich mit ihrem Namen und wartete. Der Anrufer blieb still.

»Wer zur Hölle sind Sie? Reden Sie mit mir!«, sagte Lucy mit hörbarem Zorn in der Stimme. Weiter Stille. Doch dann hörte sie plötzlich ein leises Klicken im Hörer.

»Ich bin Ihre beste Chance, damit Sie heil aus dieser Sache herauskommen, Frau Westerberg.« Die Stimme klang ungewöhnlich dunkel. Immer wieder kam es zu Aussetzern in der Verbindung. Es rauschte stark in der Leitung. Wahrscheinlich benutzte er einen Verzerrer für dieses Gespräch.

Lucy spürte eine ungekannte Wut in sich. Es ging um das Leben ihrer Tochter.

»Passen Sie verdammt noch mal auf!«, schrie sie ins Telefon. Sie musste sich zwingen, professionell zu bleiben, das wusste sie. Doch es fiel ihr unendlich schwer.

»Tun Sie ihr nichts an. Meiner Tochter darf nichts geschehen. Sie muss am Leben bleiben, klar? Und wenn nicht, werden wir Sie bis an Ihr Ende jagen, klar?«

»Sie wollen mir drohen? Entzückend.« Die Stimme am anderen Ende klang ebenso amüsiert wie hochmütig. Lucy dachte, er würde noch etwas sagen. Doch er legte einfach auf.

Voller Wut warf sie ihr iPhone auf den Küchentisch. Was war sie nur für eine Idiotin. Ließ sich von ihrem Zorn forttragen und hatte völlig unprofessionell agiert. *Beruhig' dich, Lucy. Das Einzige, was zählt, ist, dass Helen das, was nun vor ihr liegt, überleben wird. Reize diesen Wahnsinnigen nicht. Sonst geht alles schief.*

Sie fuhr sich angespannt durch die Haare und lief im Wohnzimmer auf und ab.

Lucy nahm ihr Festnetztelefon. Das LKA musste sofort versuchen herauszufinden, woher der Anruf gekommen war. In welcher Funkzelle sich der Anrufer befand. Nur dann hatten sie eine Chance, den Wolf endlich zu finden. Wenige Minuten später klingelte es wieder.

Er war wieder dran. Dieses Mal klang seine Stimme anders. Irgendwie weicher, kultivierter. In ihr schwang eine beständige Bosheit mit, aber mit weniger Zorn und Hochmut als in den Minuten zuvor.

»Ich glaube, wir müssen irgendwie zu einer Einigung kommen«, sagte der Mann.

»Und ich glaube, wir haben uns noch gar nicht einander vorgestellt. Mein Name ist Lucy Westerberg. Und wie heißen Sie?«

Der Mann am Telefon schien kurz zu glucksen.

»Sagen wir, ich bin ein Freund. Mein Name spielt keine Rolle.«

»Oh, es ist immer gut zu wissen, mit wem man es zu tun hat, finden Sie nicht?« Lucy wollte Zeit gewinnen.

»In gewisser Weise sitzen wir in einem Boot, stimmt's? Wir wollen beide, dass Ihrer Tochter nichts weiter geschieht. Und sie vor dem Bösen beschützt ist.«

»Beweisen Sie mir, dass Sie überhaupt noch am Leben ist!«

»Darauf gebe ich Ihnen mein Wort.«

»Das reicht nicht!«

Er zögerte mit einer Antwort.

»Wie bitte? Mein Ehrenwort ist Ihnen nicht genug?«

»Sie sind nicht mehr der Glaubwürdigste, seit Sie wieder damit angefangen haben, in Berlin unschuldige Menschen zu töten.«

»Woher wissen Sie, dass ich das bin? Viel wichtiger ist doch jetzt: Was wollen Sie?«, fragte er.

»Ich will wissen, ob meine Tochter noch lebt und ob es ihr gut geht.«

»Wenn es nur das ist. Ich versichere Ihnen: Beides ist der Fall.«

»Das reicht mir nicht. Lassen Sie sie mit mir reden.«

»Ach, das tut mir aber leid. Das ist gerade schlecht. Ich rufe Sie zurück.«

»Was ist mit Ihnen? Kein Guthaben mehr auf dem Telefon? Ich rufe Sie gerne zurück«, sagte Lucy.

Der Mann lachte höhnisch.

»Die Zeit, sie verrinnt so schnell«, sagte er noch. Dann legte er auf.

Lucy fühlte sich vollkommen hilflos. Lebte Helen noch? Nichts hoffte sie sehnlicher. Immer wieder starrte sie auf ihr iPhone. Nichts tat sich. Eine halbe Stunde verging. Würde Helen noch eine Chance haben? Warum hätte er sie dann nicht kurz ans Telefon gelassen? Was war schlimmer, als auf einen Anruf zu warten, der nicht kam?

Dann klingelte es endlich. Er war es wieder. »Na, Frau Westerberg? Sollen wir es noch einmal miteinander versuchen? Es tut mir so leid. Aber Ihre Tochter kann gerade unmöglich ans Telefon kommen. Das steht außer Frage.«

»Wie kann ich Ihnen glauben, dass sie noch lebt?«, fragte Lucy. »Ein Vorschlag: Helen soll Ihnen den Namen unseres Hundes sagen. Und dann rufen Sie mich wieder an.«

»Dieses Spiel gefällt mir«, antwortete er.

»Nein, warten Sie«, sagte Lucy und dachte nach. Wahrscheinlich hatte der Wolf sie und ihre Tochter beobachtet. Hatte mitbekommen, wo sie lebten, wo Helen zur Schule ging. Hatte vielleicht gehört, wie Helen ihren Hund Tap beim Gassi gehen gerufen hatte.

»Wir hatten davor noch einen Hund. Einen kleinen braunen, der überfahren wurde. Helen war noch sehr klein, aber sie kennt seinen Namen. Den will ich auch von Ihnen hören.«

Er lachte hämisch am Telefon. Seine Stimme klang eiskalt, fand Lucy.

»Einer reicht der Kommissarin nicht. Es muss auch der davor sein für die verehrte Kommissarin! Mein Gott, was sind wir aber clever!«

Lucy versuchte sich zu konzentrieren auf das, was sie hören konnte. Im Hintergrund waren die Geräusche einer großen Straße. Hupen von Autos. Geräusche von Passanten. Der Mann war irgendwo da draußen. Würden die Kollegen im LKA schnell genug sein, um herauszufinden, wo er sich aufhielt? Lucy musste warten. Wenn er draußen war, konnte es dauern. Dann musste er dorthin zurück, wo er Helen versteckt hielt. Würde ihre Tochter fragen. Würde dann wieder anrufen. Und wenn Helen doch schon tot war? Würde er sich dann gar nicht mehr melden? All diese Fragen in Lucys Kopf. Sie hielt es kaum aus.

Das Telefon klingelte nach einer guten Stunde. Sie hatte es nicht mehr aus den Augen gelassen in dieser Zeit. Sie war dem Wahnsinn nahe vor Sorge. Jetzt zwang sie sich zur Ruhe. Es ging um das Leben von Helen.

»Da bin ich auch schon wieder, liebe Frau Kommissarin. Mit den Antworten auf unser kleines, amüsantes Quiz. Der Preis für den Sieger ist verlockend, das wissen wir ja beide.«

»Ich wünschte, Sie würden mir sagen, wer Sie wirklich sind«, sagte Lucy.

Er lachte. Und klang plötzlich wieder vollkommen verärgert.

»Ich habe nicht ewig Zeit, Frau Westerberg. Nicht, dass Ihre Kollegen mich noch entdecken. Also los: Wie heißt der jetzige Hund? Waldi? Hasso? Fiffi?«

Oh, bitte nicht, dachte Lucy. *Er weiß es nicht. Und hat Helen und Alexia getötet.*

»Nein, warten Sie! Ich hab's. Er ist weiß-schwarz. Tolles Fell. Ein Border Collie. Und heißt Toby.« Lucy hielt den Atem an.

»Stopp! Nein! Er heißt Tap«, sagte er.

Lucy zwang sich zur Ruhe.

»Und der davor?«

»Sie verlangen einiges von mir, Frau Westerberg. Aber ich, Alexia und Helen verstehen uns so gut und haben gerade wieder so nett geplaudert. Helen war noch jung, als er starb. Die Rasse konnte sie mir nicht sagen. Eingeschläfert werden musste er, sagte sie. Eine seltsame Bezeichnung, wenn ein Wesen getötet wird, oder?«

Was wollte dieser Mann wirklich von ihr?, fragte sich Lucy, während er eine kurze Pause machte.

»Also, machen wir's kurz: Sein Name ist Skip. Hausaufgaben gemacht, Frau Kommissarin. Sind Sie stolz auf mich und Ihre Tochter? Lucy fühlte sich ein klein wenig erleichtert. Die richtige Antwort.

»Was wollen Sie von mir?«, fragte Lucy.

»Oh, das werden Sie vielleicht bald sehen. Vielleicht werden wir uns schon bald kennenlernen. Kommen Sie gut durch die Nacht, Frau Westerberg.«

Dann legte er auf. Lucy starrte hinaus in die Dunkelheit ihres Gartens. Eines war nach diesem Gespräch sicher: Helen lebte. Noch.

-42-

Sie wollte vor allem in Ruhe überlegen, was es mit den seltsamen Botschaften des Wolfs auf sich hatte. Lucy brauchte jemanden zum Reden. Keinen Polizisten. Jemanden mit gesundem Menschenverstand. Sie zögerte, doch dann fasste sie sich ein Herz und klingelte bei den Färbers, ihren Nachbarn.

»Guten Abend, Frau Färber. Kann ich kurz hereinkommen?«

»Aber natürlich, Frau Westerberg. Kommen Sie. Immer gerne. Gehen Sie ruhig vor, Sie kennen ja den Weg.« Die alte Frau folgte Lucy ins Wohnzimmer. Lucy ließ sich entkräftet in einen der weinroten Ohrensessel fallen, die vor dem Kaminofen standen.

»Es ist fürchterlich.« Lucy schlug sich die Hände vors Gesicht und fuhr sich durch ihre braunen Locken. »Helen ist entführt worden. Und wenn das wirklich der letzte Tag im Leben meiner Tochter sein sollte, dann muss ich alles tun, um sie doch noch zu retten, verstehen Sie?« Lucy blickte Fred und Antje Färber verzweifelt an, in ihren Augen standen Tränen, ihre Finger zitterten. *Gib jetzt nicht auf Lucy, wenn du das machst, gibst du deine Tochter auf.* Sie versuchte, ihre dunklen Gedanken zu unterdrücken. Ihre beiden Nachbarn sahen sie voller Entsetzen an. Vor ihnen brannten zwei kleine Teelichter. Niemand der drei rührte einen der Mandelkekse an, die auf dem Tisch standen. Beiden Färbers war anzusehen, wie erschüttert sie darüber waren, was Lucy ihnen gerade berichtet hatte.

»Können wir etwas für Sie tun, liebe Frau Westerberg?«, fragte Antje Färber und drückte so verständnisvoll wie hilflos Lucys Hand. Lucy zögerte ein wenig, bis sie antwortete. »Vielleicht können Sie das tatsächlich. Sie leben schon so lange hier. Über die Sage zu den Mädchen im Teufelsfenn hatten Sie mir ja berichtet, und dass unglückliche Mädchen, die in der Liebe keinen Erfolg hatten, sich dort in den Sumpf gewagt haben, um für immer zu verschwinden. Aber noch immer stehen wir vor einem anderen Rätsel. Wo gibt es in oder um Berlin einen Ort, an dem es keine Stille mehr gibt? Wo der Lärm für immer tobt?« Fred Färber blickte Lucy aus hellwachen Augen an. Er war tief in Gedanken. Wenig später winkte er ab. »Das klingt mysteriös, Frau Westerberg. Und das könnte überall und nirgendwo in Berlin sein. Dieses Mal muss ich offenbar passen. Aber lassen Sie mich ein wenig darüber nachdenken.« Er sah sie mitfühlend an und blickte dann in die immer höher schlagenden Flammen des Kaminofens.

-43-

Als sie zurück in ihr Haus gegangen war und an das klingelnde Telefon ging, erkannte sie die Stimme sofort. »Ihr etwas kurzbeiniger, italienischer Kollege kann nicht viel, fürchte ich. Aber reden kann er. Und er kann sogar mich überzeugen.« Staatsanwalt a. D. Dr. Martin Oster war am Apparat – in seiner ganzen Selbstgefälligkeit.

»Und was genau wollen Sie mir jetzt mitteilen, Herr Dr. Oster?«, entgegnete Lucy.

»Na ganz einfach. Er ist bereit. Reinhard will mit Ihnen sprechen. Das haben Sie allein mir zu verdanken, versteht sich.« In seiner Stimme schwang etwas Triumphierendes mit.

»Wie haben Sie das geschafft, Oster?«

»Hm. Sagen wir es so, Frau Westerberg. Man hat Einfluss. Man kennt ein paar Leute in der Stadt. Auch ein paar bei der Steuerfahndung.« Er machte eine Pause und hustete kurz. »Und man hat Unternehmerfreunde, die einem manchmal erzählen, dass wiederum ihre Unternehmerfreunde, nun, sagen wir mal, ihre Steuerbescheide kreativ zu bearbeiten versuchen. Und dann ergibt eins und eins auf einmal zwei.« Osters Stimme klang nun voller Spott. »Und diese, ähm, Freunde, erzählten auch unserem Herrn Reinhard davon. Und der hört natürlich auf den guten Rat seiner Freunde, mit der Polizei ein kurzes, freundliches Gespräch zu führen. Und lieber nicht mit der Steuerfahndung. Jeder hat eben seine wunden Punkte. Und jeder kommt an den Punkt, an dem der Druck so stark wird, dass er daran zerbricht, verstehen Sie, Frau Westerberg?«

Lucy war fassungslos. »Sie haben Reinhard erpresst? Sie sind ein skrupelloses Schwein, Oster!«

»Aber, aber. Vor Gericht wäre da für Sie jetzt ein saftiges Ordnungsgeld fällig, meine Liebe. Beleidigung eines ehrbaren ehemaligen Berliner Beamten. Sagen wir's doch so: Ich habe ihm mit großer Geduld aufgezeigt, warum es für ihn besser wäre, mit Ihnen zu reden, der verständnisvollen Kommissarin und nicht mit den manchmal etwas barschen Herren der Steuerfahndung. Na, noch Interesse an einem kleinen Treffen mit unserem Kandidaten?«

Lucy rang um Fassung. *Dafür kommt er in die Hölle, der saubere Herr Oberstaatsanwalt a. D. Aber nun wirst du sein Spiel mitspielen müssen. Lass alle Skrupel fahren. Welche Wahl hast du noch, Lucy? Helen ist entführt worden. Pfeif' drauf, was hier noch legal oder illegal ist. Sie ist deine Tochter!*

»Wann kann ich mit ihm reden?«

»Heute Nacht. Er meldet sich bei mir. Dann gebe ich Ihnen Bescheid. Treffpunkt ist der S-Bahnbogen am Savignyplatz. Dahinter, auf der Kantstraße, ist ein China-Restaurant mit einem großen Parkplatz. Allerdings hat er eine Bedingung gestellt: Offiziell spricht er nicht mit Ihnen. Ich wünsche Ihnen eine interessante Begegnung heute Nacht und ein aufschlussreiches Gespräch, Frau Westerberg. Ah und noch etwas: sehr gerne geschehen.« Dann legte Oster auf.

-44-

Schon eine ganze Weile hatte sie die Stimme aus der Ferne nicht mehr gehört. Wie viel Zeit mochte seither vergangen sein? Helen fand es schwierig, das zu schätzen, ihr Zeitgefühl hatte sich ins Nirgendwo verabschiedet. Aber dann auf einen Schlag zuckte sie zusammen. Da war es wieder. Ein dröhnendes Schreien. Weit entfernt und doch so unglaublich laut. Helen traute ihren Ohren nicht. Eine Pause. Stille. Dann plötzlich ein Stöhnen – so, als ob unendliches Leid aus dem Inneren eines Menschen herausbrach und sich den Weg nach draußen bahnen musste. Helen war sich sicher: Es musste eine

Frau sein, die dort so erbärmlich schrie und stöhnte. Dann kam er wieder zu ihr. Helen zuckte zusammen, als der Wolf fast lautlos in den Raum zurückkehrte und immer näher zu dem großen Holzverschlag kam, in dem er sie gefangen hielt.

Leise sprach er zu ihr durch die Ritzen der Holzbretter. Sie konnte seinen warmen Atem auf ihrem Gesicht spüren, so nah war er vor ihr. »Du wirst die Nächste sein. Du wirst alles so durchleben. So, wie sie es durchleben musste.«

Wer ist sie?, dachte Helen. *Wen meint er damit?*

Der Wolf ging ein wenig um den Verschlag herum. Er schien etwas in der Hand zu halten.

»Steh jetzt auf! Raus mit dir! Es wird Zeit!« Mit einem Ruck öffnete er den Verschlag. In der Hand hielt er eine Zwangsjacke. Die kannte sie aus den Horrorfilmen. Die Gürtel und Schnallen. Kein Zweifel mehr.

Das war's für dich, Helen. Es ist vorbei, dachte sie. *Machst du, was er sagt, wirst du sterben. So wie alle anderen.* Aber welche Wahl hatte sie? Sollte sie ihm wirklich nicht gehorchen?

Er führte sie aus dem Raum, stieß sie nach vorne, beide standen in einem engen langen Gang, das Wasser tropfte von der Decke. Es war fast vollkommen dunkel, und nur ganz weit hinten schien ein Licht. Helen konnte erkennen, dass der Putz an den Wänden herunterfiel, einige kaputte Neonröhren hingen von den Decken. Auf dem Boden liefen einige Kellerasseln entlang, die in Richtung des Lichts am Ende des Ganges strebten. Helen fühlte sich unendlich einsam, sie stand kurz davor, sich selbst aufzugeben.

Sie gingen weiter. Durch eine Schwingtür, die quietschend nach vorne aufklappte, als Helen dagegen drückte. An der Wand sah sie Metallverkleidungen, rostig, durchlöchert. Was war das hier? Überall gingen kleine Räume von diesem Gang ab. Ein Gefängnis mit Zellen?

Sollte sie all das mit sich geschehen lassen? Ins Unabänderliche hinabstürzen? Ohne jegliche Gegenwehr aufgeben? Einfach so? Sie blieb stehen und drehte sich zu ihm um. »Wie heißt du?«, fragte sie ihn. Er antwortete nicht. »Weißt du, wie ich heiße?« Er schwieg beharrlich. Statt zu sprechen stieß er sie mit roher Gewalt nach vorne. Immer weiter.

Es waren vielleicht noch gut 100 Meter bis zu dem lichtdurchfluteten Raum, als er sie an der Schulter packte und zum Anhalten zwang. Sie zitterte, als sie sah, dass er eine schwarze Maske in der linken Hand hielt. Genau so eine, wie er sie trug. Dann breitete er die Zwangsjacke aus. Helen traute ihren Augen nicht. Sie konnte einige Namen lesen, die da standen: Isabell, Lisa und noch ein paar andere. Auf der Jacke waren in roter Farbe zahlreiche Mädchennamen in einer seltsam gewundenen Schrift geschrieben und auch einige Passfotos mit Sicherheitsnadeln angeheftet worden. Waren das die

Namen und Bilder all seiner bisherigen Opfer oder von denen, die er noch töten wollte? Würde bereits heute noch »Helen« darauf stehen? Zusammen mit einem Passfoto von ihr? Dann stülpte er ihr die schwarze Maske über den Kopf. Was konnte sie nun noch tun, um das Unvermeidliche abzuwenden?

Auf einmal hatte sie einen Einfall. Sie nahm all ihren Mut zusammen und sah ihn an: »Hören Sie! Was immer man Ihnen angetan hat. Machen Sie es nicht schlimmer. Meine Mutter ist bei der Polizei. Sie kann Ihnen bestimmt helfen! Sollen wir sie anrufen?« Helen merkte, wie sehr all das so klang, als bettelte sie nur noch um ihr Leben.

Der Wolf schwieg. Plötzlich beugte er sich nach vorne zu ihr. »Weißt du was, meine liebe, kleine Helen? Vergiss es! Ich mache dir einen besseren Vorschlag. Du ziehst hier diese Jacke für mich an. Sofort! Wir machen dann ein schönes Abschiedsfoto von dir. Und dann machst du dich auf zu den anderen und nimmst den Weg ins Licht!«

-45-

Lucys Handydisplay leuchtete auf. Dr. Oster rief sie an.

»Reinhard ist auf dem Weg. Er müsste jeden Moment eintreffen. Gar kein Zweifel. Ich habe ihm neben der kleinen Steuersache auch noch gesagt, dass der Wolf jetzt auch Ihre Tochter in seiner Gewalt hat. Das hat ihn endgültig weichgekocht.«

Lucy schäumte vor Wut. »Sind Sie völlig übergeschnappt? Sie erzählen ihm von laufenden Ermittlungen? Mein Gott, Oster!«

»Beruhigen Sie sich, Frau Westerberg. Das hier ist sowieso gegen alle Dienstvorschriften. Für Reue ist es nun zu spät. Und irgendwann einmal, wenn der ganze Mist vorbei ist, trinken wir darauf einen.«

Lucy war alleine gekommen, so wie Reinhard es gefordert hatte. Der Parkplatz grenzte direkt an das China-Restaurant. Im Dunkeln kippten zwei chinesische Köche eine braune, zähe Masse aus zerbeulten Aluminium-Kochtöpfen in eine große Plastiktonne. Es dauerte ein wenig, bis Lucy bemerkte, dass es ausgekochte Innereien und Tierdärme sein mussten, die hier ihren letzten Weg fanden. Sie konnte den sauren, stechenden Geruch in ihrer Nase spüren, obwohl sie gut 50 Meter entfernt war. Kurz musste sie würgen. Die Köche verrichteten geräuschlos ihre Arbeit, öffneten die Hintertür des Restaurants und verschwanden wieder. Als sie die Tür geschlossen hatten, sah Lucy, dass eine Ratte direkt hinter der Tonne hervorkam und sich neugierig umblickte.

»Hier tut sich etwas, Herr Dr. Oster. Ich mache Schluss.«

Lucy sah, wie ein Auto auf den Parkplatz fuhr, noch im Fahren schaltete der Mann am Steuer die Scheinwerfer aus, ließ den Motor aber weiterlaufen, als er bereits angehalten hatte. Sie blieb weiter im Halbdunkel an der Seite des Restaurants und wollte abwarten. Die Fahrertür ging auf, Lucys Anspannung stieg. Nun wurde der Motor doch endlich abgestellt. Sie sah, wie ein Mann um das Auto herumging und die Beifahrertür öffnete. Der Mann reichte einer Frau die Hand und half ihr beim Aussteigen. Hand in Hand gingen beide zum Ausgang des Parkplatzes. Nur einen Moment später, nachdem wieder Stille eingekehrt war, hörte Lucy das Röhren eines offenbar gewaltigen Autos, das sich näherte. Ein schwarzer Mercedes-Geländewagen bog ein, er hatte das Fernlicht eingeschaltet und auch die Nebelscheinwerfer. Lucy war geblendet und konnte für einen Moment nichts mehr sehen. Der Wagen bremste abrupt auf dem Kies. War er das? Lucy ging langsam in Richtung des Autos. Sie konnte nicht ins Innere des Wagens sehen. Alle Scheiben waren dunkel getönt.

Als sie auf etwa fünf Meter herangekommen war, gingen plötzlich die Lichter des Wagens aus, den Motor ließ der Fahrer weiterlaufen. Ruckartig senkte sich die Scheibe der hinteren Beifahrerseite einen Spalt. Reinhard war gekommen, sie konnte zumindest seine Augen sehen. Er machte keine Anstalten auszusteigen und blickte sie emotionslos an.

»Sie haben fünf Minuten. Mehr nicht!«

»Herr Reinhard, Sie müssen uns alles sagen, was Sie wissen. Uns erzählen, was hier vor sich geht. Sonst haben wir keine Chance, den Wolf zu fassen.«

»Alles? Das werde ich nicht tun. Und ich kann es nicht. Und gleich sind es nur noch vier Minuten.«

»Dann sage ich Ihnen etwas, Herr Reinhard! Wir glauben, der Wolf hat einen Komplizen, irgendjemand hilft ihm. Und wir glauben, Sie haben damit etwas zu tun und wissen, was hier vor sich geht!«

»Pah. Völlig abwegig! Wie kommen Sie auf solche abstrusen Gedanken?«

Lucys Augen verkleinerten sich zu schmalen Schlitzen, so wütend machte sie dieser arrogante Geschäftsmann.

»Jemand hat den Pfleger bestochen. Und auch der Psychiater, Dr. Leonard Flemming, wurde kontaktiert. Jemand hat ihm viel Geld geboten, wenn er Bennetts Patientenakte herausgibt. Waren Sie mit einem von beiden jemals in Verbindung?«

Reinhard fasste sich nervös mit einer Hand ans Kinn. Lucy wusste, dass sie nun alles auf eine Karte setzen musste.

»Sind Sie in direktem Kontakt mit dem Wolf? Schickt er Ihnen Nachrichten? Berichtet er Ihnen von Ihrer Tochter Sophie?« Sie sah ihn flehend an. »Noch gibt es Hoffnung, dass Ihre Tochter lebt, Herr Reinhard. Aber die bleibt nur bestehen, wenn Sie jetzt das, was Sie wissen, mit uns teilen. Wenn nicht, dann ist alles vorbei. Übrigens – wie Sie von Dr. Oster ja bereits wissen – auch für mich und meine Tochter. Helfen Sie mir also! Bitte!«

Reinhard räusperte sich. Lucy konnte durch den Spalt erkennen, wie er betreten nach vorne in die Dunkelheit starrte. Dann wandte er sich Lucy wieder zu und blickte ihr direkt in die Augen.

»Also gut, ich gebe es zu. Ich war mit ihm in Kontakt.«

»Einmal?«

»Nein, mehrmals.«

»Gibt es weitere Treffen, die er mit Ihnen vereinbart hat?«

»Das darf ich Ihnen nicht sagen.«

»Oh, kommen Sie, Herr Reinhard. Der Wolf spielt mit Ihnen ein grausames Spiel. Geht es um Geld?«

»Ja. Auch. Aber Geld ist für mich kein Problem, das wissen Sie. Es geht mir allein darum, dass ich eventuell noch eine Chance habe herauszufinden, ob meine Tochter noch am Leben ist. Und dafür tue ich alles, was er von mir verlangt.« Reinhards Augen bekamen einen traurigen, feuchten Glanz.

»Gab es vorher schon Beweise?« Lucy versuchte sich fieberhaft zu erinnern. »Warten Sie! Die Handyhülle mit den Swarovski-Kristallen und den Initialen ›SR‹, die in Ihrem Auto lag. Die hat er Ihnen geschickt?«

Reinhard nickte stumm.

»Er will mir noch einen weiteren, endgültigen Beweis dafür liefern, dass sie noch lebt.«

»Wann?«

»Morgen Nacht.«

»Dann ziehen Sie das nicht alleine durch, Herr Reinhard. Ich bitte Sie inständig! Nehmen Sie uns mit. Nur mich, den Kollegen Seghetti und von mir aus auch Dr. Oster. Und bitte glauben Sie mir eines: Wir haben in seinem grausamen Spiel genauso viel zu verlieren wie Sie. Jeder auf seine Weise.«

Reinhard sah sie zweifelnd an. »Die Zeit ist um«, sagte er und gab dem Mann am Lenkrad ein Zeichen. Wortlos blickte er danach geradeaus und ließ die Fensterscheibe hochfahren. Der Fahrer gab Vollgas, und sie verließen den Parkplatz.

-46-

Reinhard fuhr auf direktem Weg zurück in sein Büro. In sicherem Abstand wartete schon jemand vor dem Gebäude auf ihn. Geduldig hatte Seghetti vor dem Bungalow ausgeharrt. Ruckartig duckte er sich in den Sitz seines Alfa Romeos, um nicht im Scheinwerferlicht von Reinhards Auto entdeckt zu werden. Lautlos schwang das große, eiserne Tor zu Reinhards Bungalow auf, er fuhr zügig in die Tiefgarage. Seghetti stieg aus, suchte Deckung hinter den Autos auf der gegenüberliegenden Straßenseite und versuchte, einen Blick in die Zimmer im Erdgeschoss zu erhaschen. Plötzlich ging in Reinhards Haus das Licht an. Er hatte das oberste Stockwerk erreicht, lief in einem der Zimmer immer wieder unruhig auf und ab, hielt ein Handy in der Hand und wählte eine Nummer.

Doch er war nicht alleine. Im fahlen Licht der kleinen Schreibtischlampe konnte Seghetti noch jemanden erkennen. Ein zweiter Mann war direkt hinter Reinhard zu sehen. Mit verschränkten Armen stand er mit dem Rücken zum Fenster, wandte sich hin und wieder um, blickte dann auf die Straße, und danach wieder zu Reinhard. Sein Gesicht war im Halbdunkel nicht zu erkennen. Seghetti blickte gebannt nach oben. Wer konnte das sein?

Nur Sekunden später klingelte Lucys Telefon. Reinhard meldete sich bei ihr. »Ok. Ich habe mit ihm gesprochen. Gerade eben. Morgen Nacht um 1 Uhr soll es ein weiteres Treffen geben im Teufelsfenn zu einer erneuten Übergabe. Er will mir erneut etwas von Sophie zeigen.«

Lucy hörte ihm angespannt zu.

»Er sagte noch eines, Frau Westerberg. ›Ein einziger Polizist und Sie werden Ihre Tochter nie wiedersehen.‹ Was soll ich jetzt nur tun?«

»Bleiben Sie ruhig, Herr Reinhard. Wir müssen uns den nächsten Schritt ganz genau überlegen. Ich melde mich nachher bei Ihnen. Aber ich flehe Sie an: Nehmen Sie uns mit! Bitte!«

Reinhard zögerte. Sekunden, die Lucy endlos erschienen. Wie würde er sich entscheiden? In der Leitung rauschte es. Eine alles erdrückende Stille. »Also gut«, sagte er schließlich. »Welche Wahl habe ich auch noch?« Dann legte er auf.

Reinhard hatte das Handy wieder auf den Schreibtisch vor ihm gelegt. Seghetti wartete geduldig, ob er den Mann hinter Reinhard doch noch erkennen könnte. Plötzlich sah er, wie die Tür des Arbeitszimmers einen Spalt aufging. Licht schien aus dem Flur hinein, der fremde Mann verließ das Zimmer. Nur wenig später ging das Licht im Treppenhaus an. Seghetti spürte die Spannung in sich, als sich die Haustür öffnete. Der fremde Mann sah sich nach links und rechts um, er trug einen Hut, zog sich seinen Schal fester um den Hals und lief dann mit schnellen Schritten die Straße entlang.

Seghetti zog seine Walther aus dem Holster und schlich ihm auf der anderen Straßenseite hinterher, immer eng geduckt entlang der Autos. Er musste das Gesicht dieses Mannes sehen – koste es, was es wolle.

Er entsicherte seine Pistole, während der Mann seine Schritte beschleunigte. Er wurde schneller und schneller. Seghetti wollte keine Zeit mehr verlieren. Er machte drei schnelle Schritte und rannte hinüber zu dem Mann. Sein Herz pochte. »Halt! Polizei! Hände hoch! Bleiben Sie stehen!«, rief er und zielte direkt auf den Mann. Der Fremde drehte sich langsam zu ihm um, die Krempe des Huts verdeckte sein Gesicht. Seghetti packte ihn am Mantelkragen mit der linken Hand, während er mit der Pistole auf ihn zielte. Erst jetzt, als Seghetti sich ihm bis auf wenige Zentimeter genähert hatte, konnte er im Schein der Straßenlaterne erkennen, wer da vor ihm stand.

»Ach, der italienische Gehilfe. Na, noch immer erfolglos auf Verbrecherjagd und ganz schön überrascht, mich hier zu sehen, was?« Es war Dr. Oster. »Hören Sie mir jetzt mal genau zu, caro amico: Ich will Reinhard nur helfen, das alles irgendwie zu überstehen. Ich soll ihm weiteres Geld besorgen, das der Wolf für morgen verlangt hat. Das kann Reinhard nicht, ohne weiteres Aufsehen zu erregen, verstehen Sie?«

Seghetti keuchte mühsam, er wusste nicht, wie ihm

gerade geschah, und vor Aufregung war er völlig außer Atem.

Oster lächelte ihn mit einem abschätzigen Blick an.

»Wenn morgen alles klappt, dann werden Sie Hauptkommissar, Seghetti. Wenn nicht, dann geht es wieder in den Streifendienst, oder Sie schulen um und machen künftig in irgendeiner schäbigen Trattoria im Wedding das Nudelwasser heiß, mein italienischer Freund. Das würde Ihren Fähigkeiten auch eher entsprechen, was?«

Seghetti lockerte seinen Griff wieder und ließ Oster los. Von Nahem roch er Osters stechenden alkoholischen Atem. Angewidert zog er ein roséfarbenes Einstecktuch aus der Reverstasche seines Jacketts und wischte sich seine Hände ab.

-47-

Er hielt es kaum noch aus. So viele Erinnerungen. So viele Gedanken. An das, was geschehen war. All die Taten, all die toten Mädchen. Ruhe hatte er sich erhofft. Erlösung von dem, was diese grausamen Menschen ihr angetan hatten. Doch stattdessen hatte er das Gefühl, der Druck würde immer weiter zunehmen und sein Kopf letztendlich zerspringen. Er konnte nicht mehr schlafen, konnte an nichts anderes und an niemanden anderen mehr denken. Nur noch an sie.

Jetzt fuhr er wieder rastlos durch die Straßen. Es hatte wieder begonnen zu schneien. Die Stadt sah so grau und hart aus. Nur wenige Menschen waren um diese Zeit noch unterwegs. Durch den Rückspiegel sah er ihnen manchmal hinterher. Sah die Atemwolken, die sie ausstießen, ihre leidenden Gesichter in der erbarmungslosen Berliner Kälte. Auch er war auf diesen Straßen des Westens so oft unterwegs gewesen. Mit seiner Mutter und seiner Schwester. Es waren glückliche Zeiten, die hinter ihnen lagen. Er wischte sich eine Träne aus dem Auge. Immer wieder musste er daran denken, was sie seiner Schwester angetan hatten. Dann erreichte er die Häuser, in denen ihre Mutter für sie gearbeitet hatte. Die Häuser der reichen und vornehmen Menschen des Westens. Das war nicht ihre Welt gewesen. Es war eine völlig fremde Welt, in der seine Mutter dienen durfte, jederzeit bereit war, sich abmühte und bis zur Besinnungslosigkeit schuften musste, um ihn und seine Schwester irgendwie durchzubringen.

Papa hatte sie einmal bis zur Besinnungslosigkeit geschlagen. Das hatte er als Kind mitangesehen. Von oben, von der Treppe aus. Es war das Einzige, was ihm von seinem Vater in Erinnerung geblieben war. Danach war Papa verschwunden und nie wieder aufgetaucht. Seine Mutter hatte nie geklagt, doch erst im Rückblick war ihm klargeworden, wie sehr sie gekämpft haben musste. Gekämpft um ein eigenes Leben und eine Zukunft für ihre beiden Kinder.

Immer wieder blickte er in die hell erleuchteten Wohnzimmer dieser Menschen. Sie zogen ihn magisch an, ohne dass er genau wusste, warum. Langsam fuhr er die Straßen entlang. Sah die mächtigen Bücherschränke, vor denen diese Menschen saßen, sah jetzt, in der beginnenden Winterzeit, brennende Kerzen und hin und wieder bereits einen goldenen Weihnachtsstern, der sich am Fenster drehte. Manchmal auch bunte Lichterketten in den Sträuchern und Bäumen der gewaltigen Vorgärten. Er wusste, dass er noch lange keinen Frieden gefunden hatte, nach all dem, was geschehen war. In diesen Häusern hatte seine Mutter geputzt, manchmal auf die Kinder der reichen Leute aufgepasst, für sie gekocht und ihre dreckige Wäsche gewaschen.

Manchmal hatte er mit zu den reichen Leuten gedurft. Manchmal gemeinsam mit seiner Schwester. Dann waren sie zusammen gewesen, fast wie eine richtige Familie. Sie drei. Ohne den Vater, der sie halbtot geschlagen hatte, ihr mit seiner Faust den Kiefer gebrochen und Schläge ausgeteilt hatte – immer und immer wieder, ohne ablassen zu können. Auch als sie schon blutend und ohnmächtig vor ihm auf dem Boden gelegen hatte. Es interessierte ihn nicht, was aus seinem Vater geworden war. Ob er sich zu Tode getrunken hatte oder noch am Leben war. Er versuchte, die grausamen Bruchstücke seiner Kindheit wegzuwischen, dachte stattdessen an die kurzen glücklichen Zeiten zu dritt. Wenn sie nach der Arbeit bei den reichen Leuten ein Eis essen gingen. Drei Kugeln mit Sahne. Oder auf den Jahrmarkt fuhren und er mit seiner kleinen Schwester und seiner Mutter in das Riesenrad einstieg. Sich frei fühlte und für einen kurzen Augenblick das unbändig erlösende Gefühl in sich spürte zu schweben.

Doch die Gedanken holten ihn immer wieder ein. Auch jetzt, an diesem Abend, als er das Haus erreichte, in dem es passiert war. Nie hatte er vergessen können, wie seine Schwester aus einem dieser Häuser eines Abends zurückgekommen war. Nie hatte er vergessen können, wie viel Furcht in ihren Augen zu sehen gewesen war. Blankes Entsetzen, weil das Unaussprechliche geschehen war. Er fühlte sich hilflos und wütend. Sie hatte ohne Unterlass geweint, an den Oberschenkeln hatte sie blutende Wunden und blaue Flecken davongetragen. Auch an der Vorderseite ihrer Unterhose hatten sich Blutstropfen gesammelt. In den kommenden Wochen brachte sie kein Wort heraus. Verstummte. Schien in eine andere Welt zu flüchten, um sich selbst zu retten, vor dem, was sie ihr angetan hatten.

Erst später brachte sie es fertig, ihm zu erzählen, was geschehen war. Nichts blieb mehr, wie es früher gewesen war. Denn sie konnte nicht vergessen. Immer wieder stiegen die düsteren Gedanken daran in ihr auf. Sie drehte sich im Kreis, fühlte, wie der Wahnsinn von ihr Besitz ergriff. Sie spürte nie gekannte Angst in sich. Wollte nur noch, dass all das aufhörte. Egal wie. Und lief eines Tages mit voller Wucht in das Schaufenster eines Ladens, mit dem Kopf voran. Danach konnte sie sich nur noch daran erinnern, wie sie geschrien, wie sie sie festgehalten hatten und dann dazu zwangen, ihr weiteres Leben in der Klinik zu verbringen. Sie wollte all dem ein Ende setzen, wehrte sich mit aller Kraft, wenn die Pfleger und Schwestern sie schlugen, oder mit Gurten fesselten. Wenn das geschah, wurde sie ganz einfach von ihnen stillgemacht. Und für all das sollten sie nun bezahlen, das hatte er sich geschworen. Das war er seiner Schwester schuldig. Jeder von ihnen war an der Reihe. Jeder Vater und jede Mutter sollte die Schmerzen seiner Mutter erfahren. Und jedes ihrer Kinder sollte leiden, so wie seine Schwester hatte leiden müssen. Eines nach dem anderen.

-48-

Es würde nicht leicht für sie werden, Sadik von ihrer Idee zu überzeugen. Aber welche Möglichkeiten gab es denn jetzt noch? Sie musste mit ihm reden. Lucy hatte ihren Vorgesetzten um ein dringendes Gespräch gebeten. Sadik hatte alles andere als begeistert geklungen, aber ohne zu zögern eingewilligt. Ohne weitere Zeit zu verlieren, war sie mit ihrem Defender ins Landeskriminalamt gefahren. Jetzt stand sie in seinem Vorzimmer, wartete, dass er sie hineinrufen würde, und sah ihn bereits durch einen Spalt in der Tür. Sie hatte keine Ahnung, was er zu ihrem Vorschlag sagen würde. Möglich war alles. Sadiks Wutausbrüche waren bei den Kollegen so berühmt wie gefürchtet.

Während sie ihn so beobachtete, blickte er angestrengt auf seinen Laptop, holte tief und hörbar Luft und blies hin und wieder die Backen auf. Ab und zu schüttelte Sadik den Kopf, dann sah er auf die Wanduhr vor seinem grauen Schreibtisch und blickte durch den Spalt in sein Vorzimmer.

»Ah, verdammt! Entschuldigen Sie bitte, Frau Westerberg, fast hätte ich Sie vergessen. Kommen Sie!« Lucy trat vorsichtig ins Zimmer, Sadik bot ihr mit einem Wink einen seiner Sessel an. Er ließ sich mit einem leichten Ächzen in den anderen Sessel fallen, fuhr sich kurz durch sein volles, schwarzes Haar und sah sie mit müden Augen über dunklen Augenringen an.

»Frau Westerberg, Sie wissen …«

Lucy unterbrach ihn sofort. Sie wusste genau, was er ihr nun sagen würde, Wort für Wort, und sie spürte, dass sie nun alles auf eine Karte setzen musste. »Ich weiß, Herr Sadik. Die Zeit. Sie läuft uns allen davon.« Sie fasste ihn mit ihrer rechten Hand an seinem Unterarm. Wie fest, merkte sie erst, als sie den Griff allmählich wieder lockerte. »Ich bitte Sie. Hören Sie mir einen Moment zu! Als mein Vorgesetzter. Als Kollege. Und als einer, dessen Rat ich sehr schätze.« Sadik rollte mit den Augen. Es schien ihm sichtbar schwerzufallen, sich noch länger zu gedulden. »Also gut. Ich höre Ihnen zu. Bitte!«

»Danke, Herr Sadik. Ich mache es kurz: Reinhard und der Wolf haben ein Treffen arrangiert. Bereits heute Nacht im Teufelsfenn. Es ist unsere Chance, den Wolf endlich zu erwischen. Vielleicht sogar unsere letzte. Er wird da sein, ich spüre es. Und ich bitte Sie inständig: Genehmigen Sie mir diesen Einsatz. Wir werden alles tun, damit dieser Horror heute Nacht zu Ende geht.«

Während Lucy geredet hatte, hatten sich auf Sadiks Haut knapp oberhalb seines Hemdkragens ein paar dunkelrote Flecken gebildet. Von Sekunde zu Sekunde wurden sie größer, was Lucy als bedrohlich empfand. Unter seinem linken Auge trat eine dunkelblaue Ader mit zwei winzigen Verästelungen hervor, die ihr wie ein kleiner, spitzer Pfeil vorkam. Lucy fühlte sich zunehmend unwohl.

Lange hatte er ihr nur zugehört und sie immer wieder angesehen. Schließlich beugte er sich nach vorne, und es platzte aus ihm heraus. »Was Sie verlangen, Frau Westerberg, ist, dass ich alles riskiere. Meine Karriere. Und Ihre. Denn wir beide wissen: Sie sind in dieser Sache nun befangen, und das heißt, dass ich Sie nicht mehr lange decken kann. Geht das schief, sind wir beide geliefert und sitzen im Roten Rathaus vor einem feinen Untersuchungsausschuss des Senats.« Sadik machte eine lange Pause. »Aber wissen Sie, was ich auch glaube? Wir haben angesichts der Gefahr, die der Wolf bedeutet, gar keine andere Wahl, als heute Nacht zu handeln. Hart und entschlossen. Also tun Sie es. Mein inoffizielles Okay haben Sie. Offiziell weiß ich von nichts. Aber seien Sie sicher: Es ist Ihre letzte Chance!«

»Danke, Chef!« Lucy blickte ihn erleichtert an und sprang vom Sessel hoch.

»Moment noch, Frau Westerberg! Ich bin noch nicht fertig.« Er zog seine rechte Augenbraue ein wenig hoch. »Vielleicht war ich gerade nicht deutlich genug. Sie werden dieses Risiko ganz alleine tragen müssen. Geht alles gut, sind Sie die Heldin Berlins. Geht das heute Nacht schief und wird es publik, hat das LKA offiziell von Ihrem Alleingang nichts gewusst und Sie sind raus aus dem Spiel. Ich gebe Ihnen einige meiner Leute vom Sondereinsatzkommando mit, die sich für den Fall der Fälle im Hintergrund bereithalten und die schweigen werden – ganz egal, was heute Nacht passieren wird. Der Rest ist Ihre Sache, klar?« Lucy stand ruckartig auf.

»Verstanden, Chef!« Sadik sah sie noch einmal kurz an.

»Sie spielen alles oder nichts, Frau Westerberg. Alles Gute! Und das meine ich aus vollem Herzen! Na los, verschwinden Sie jetzt!« Dann stand er auf und ging zurück zu seinem Schreibtisch.

-49-

Die Stunden, bis es endlich Abend geworden war, waren Lucy unendlich lang vorgekommen. Mit Seghetti und dem Einsatzkommando hatte sie kurz nach 18 Uhr noch eine kurze Besprechung. Jeder wusste, was in dieser Nacht zu tun sein würde. Kurz vor Mitternacht hatte sich die kleine Gruppe dann schließlich ins Teufelsfenn aufgemacht, um ihre Positionen zu beziehen. Bald würde es so weit sein.

Würde er gleich auftauchen? Lucy blickte auf ihre Uhr. Noch gut zehn Minuten, dann würde sich zeigen, ob der Wolf sich an sein Versprechen halten würde. Vor und hinter dem Parkplatz am Teufelsfenn hatte der Leiter des Sondereinsatzkommandos jeweils zwei Scharfschützen mit Schnellfeuergewehren und Nachtsichtgeräten postiert. Dazu noch zwei Kollegen am Anfang der Zufahrt, die durch den Wald direkt zu den Sümpfen führte. Lucy und Seghetti hatten sich gut 100 Meter voneinander entfernt neben dem Parkplatz flach auf die Erde gelegt. Der Boden war gefroren, das Warten war nahezu unerträglich. Die Zeit verging kaum, Lucy hörte nur ihren eigenen Atem und spürte ihren Puls. Eine fast dröhnende Stille hatte sich auf die Sümpfe gelegt. Es begann leicht zu schneien. Alle hatten ihre Nachtsichtgeräte aufgezogen und die Kopfhörer für den Funkverkehr aufgesetzt. Sie waren bereit, das Warten begann.

Plötzlich war sie hochkonzentriert. Da war etwas. Erst ein schwaches Knacken, weit entfernt. Lucy wagte sich ein wenig aus ihrer Deckung. Sie konnte nichts erkennen. Aber dann noch einmal. Es war ein leises Rascheln, so als ob jemand durch den Sumpf streichen würde. Sie rückte sich ihren Ohrhörer zurecht, mit dem sie über Funk mit Seghetti und den anderen Kollegen verbunden war. Dann sah sie in Richtung des Sumpfs, das grünschimmernde Display ihres Nachtsichtgerätes irritierte sie zunächst. Doch dann merkte sie, wie die Spannung aus ihr wich. Das Reh, das sie gehört hatte, wandte sich ab und verschwand wieder in Richtung des Waldes. Das Warten ging weiter. Nur wenige Minuten noch, dann müsste Reinhard endlich zur Übergabe vorfahren.

Doch dann war da noch etwas. Ein Rascheln und Knirschen auf dem Kies. Etwas schien von der Auffahrt auf sie zuzukommen. Hechelnd. Keuchend. Mit schnellen Atemzügen. Lucy sah, wie sich ein Schatten näherte. Oder waren es zwei? Sie blickte sich um und versuchte, Seghetti zu entdecken.

»Achtung!«, schallte es plötzlich in ihrem Ohrhörer. Lucy erschrak zutiefst, als sie den Leiter des Sondereinsatzkommandos ohne Vorwarnung hörte. »Unbekannte Person in Richtung Parkplatz unterwegs.« Lucy entsicherte ihre Walther. Ein kurzes Klicken war hinter den Farnbüschen neben ihr zu hören. Auch Seghetti hatte seine Waffe gezogen und lud durch. Wieder meldete sich der Einsatzleiter. »Entwarnung. Spaziergänger mit Hund.«

Auch Seghetti schaltete sich jetzt per Funk ein. »Sagt ihm, er soll sich sofort mit seinem verdammten Hund vom Acker machen. Zieht ihn sofort aus dem Verkehr, Kollegen. Und zwar zügig! Das darf doch alles nicht wahr sein!«

»Wird gemacht, Kollege Seghetti!«, meldete sich der Einsatzleiter. »Hast du keine Angst, dass deine Wildlederslipper gleich schmutzig werden, wenn es losgeht?«

Seghetti merkte, wie sich die Wut in ihm breitmachte. »Warte nur, bis wir aus diesem verdammten Sumpf nachher raus sind«, zischte er. »Dann zeige ich dir, was man mit diesen Slippern sonst noch machen kann!«

»Seid endlich ruhig, Kollegen!«, beschwichtigte Lucy. »Konzentriert euch! Ich glaube, jetzt geht es wirklich los für uns!«

Und tatsächlich. Auf die Minute genau bog ein Auto in den Waldweg. Es war Reinhard. Die Scheinwerfer hatte er ausgeschaltet. Langsam näherte sich der Wagen, dieses Mal fuhr Reinhard ihn selbst, er ließ ihn langsam ausrollen, stellte den Motor ab und stieg aus. Den Aktenkoffer mit dem Geld hatte er auf die Kühlerhaube gelegt. Der Wolf sollte sofort sehen, dass er es ernst meinte.

Lucy konnte nur seinen Oberkörper für einen Augenblick sehen. Reinhard ging etwas hinter den Wagen, sah sich in alle Richtungen um und wartete. Dann verlor Lucy ihn wieder kurz aus den Augen. Erneut kehrte Stille ein – bis sich Lucys Magen auf einen Schlag zusammenzog.

»AHHHHH!«

Sie erschrak zutiefst, als ein alles erschütternder Schrei vom Parkplatz zu ihr herüberhallte. Das musste Reinhard gewesen sein. Lucy versuchte in der Dunkelheit zu erkennen, was da vor sich ging. Sie hörte Schritte auf dem Kies. Schneller und immer schneller. Jemand flüchtete. Rannte davon. »Alle Männer sofort zum Parkplatz!«, schrie der Einsatzleiter per Funk. Notfall! Reinhard ist etwas passiert!«

Lucy und Seghetti verließen ihre Deckung und rannten hinüber zu Reinhards Auto. Als sie es umrundet hatten, waren sie von dem, was sie sahen, zutiefst schockiert.

»Macht schnell! Holt einen Krankenwagen! Er verblutet uns sonst!« Lucy beugte sich zu Reinhard herunter und brachte ihn in die stabile Seitenlage. Seghetti hatte sein Handy gezückt und forderte einen Rettungswagen an. Reinhard wimmerte leise. Schlaff hingen seine Arme zur Seite, seine Augen waren weit aufgerissen, so als ob er gerade etwas Fürchterliches gesehen haben musste.

Als sie ihn vorsichtig zur Seite gedreht hatte, merkte Lucy, dass Reinhard eine tiefe, mehrere Zentimeter lange Wunde am Hinterkopf davongetragen hatte. Sie versuchte, die Wunde mit beiden Händen zuzuhalten. Das Blut pulsierte unter ihren Händen. Stoßweise tropfte es in einem rhythmischen Schwall durch ihre Finger und dann auf die Kieselsteine.

Lucy blickte sich um. Der Geldkoffer, der auf der Motorhaube gelegen hatte, war verschwunden. Dafür lag dort nun etwas Rötliches, das im leichten Nachtwind langsam hin und her flatterte. Sie traute ihren Augen kaum: Es war eine Haarsträhne. Aber irgendetwas hing noch daran, beschwerte die Strähne, sodass sie nicht vom Wind davongetragen werden konnte. Es sah seltsam aus, fand sie. Sie kam anfangs nicht darauf.

Was war das nur? Aber dann hatte sie eine Ahnung und wandte sich vor Grausen ab. An der Haarsträhne hing noch ein Stück der Kopfhaut. Neben Reinhard waren einige Fußspuren auf der dünnen Schneeschicht zu sehen. Lucy folgte ihnen, doch der stärker werdende Wind hatte sie offenbar verwischt und sie endeten im Nichts.

-50-

»Ganz großartig! Sauberer und professioneller Einsatz, Kollegen! Hut ab, wirklich!« Derart aufgebracht hatte Lucy ihn noch nie erlebt. Sadik schien vor Wut zu rasen, als Seghetti und sie gut eine Stunde nach dem missglückten Einsatz vor ihm in seinem Büro standen. »Ich Volldepp! Lasse Sie machen! Riskiere meinen Job! Und was sind die Folgen? Der Wolf schlägt den Vater eines der mutmaßlichen Opfer halb tot! Wenn Reinhard denn durchkommt!« Sadik räusperte sich nervös und verschränkte beide Hände über dem Kopf. »Wer weiß? Vielleicht ist Sophie Reinhard jetzt auch schon tot! Und all das ist ja nicht genug! Denn hinzu kommt auch noch: ein halb verrückter, pensionierter Oberstaatsanwalt spielt nebenher noch Zorro, den illegalen Rächer, und die Politik setzt mir nun endgültig die Pistole auf die Brust! Dankeschön, Frau Westerberg. Und auch Ihnen vielen Dank, Herr Seghetti! Das ist alles top gelaufen! Sie werden verstehen, dass ich nach dieser Glanzleistung jetzt die obersten Stellen informieren muss.« Sadik schien vor Wut nun endgültig zu glühen, so dunkelrot waren seine Wangen. Er wandte sich von beiden ab und blickte aus dem Fenster in die Nacht.

»Chef, wir wollten doch nur …«, Seghetti kam gar nicht erst dazu, seinen Satz zu beenden.

Sadik drehte sich blitzschnell wieder zu den beiden um und blickte Seghetti angriffslustig an. »Ja. Ja. Ja. Ich weiß, was Sie wollten! Nur das Beste! Ich sage Ihnen, was das Beste ist! Raus aus meinem Büro! Sofort! Und morgen früh um 8.30 Uhr besprechen wir, wie es mit Ihnen beiden weitergeht. Hier! Bei mir! Sie entschuldigen mich bitte jetzt. Die Damen und Herren von der Politik wollen mich sprechen.«

Seghetti ließ Lucy den Vortritt. Beide sahen sich lange schweigend an. »Was für eine Scheißnacht, oder, Chefin?« Lucy sah ihn mit müden Augen an. »Warten wir ab, wessen Haare das sind. Seghetti deutete einen leichten Klaps auf ihre Schulter an. »Espresso, Signora? Erinnern Sie sich: Hier, genau hier, hat alles für uns beide angefangen.«

»Kaffee oder nicht, was macht das heute noch für einen Unterschied, Seghetti?« Lucy zuckte mit den Achseln. Sie hatte es so satt, das Vorgehen des Wolfs zu analysieren. Zu erahnen, was er als Nächstes tun würde. Sie war sich nur in einem sicher: Würde sie auf ihn treffen, würde sie ihn töten. Ohne zu zögern. Ganz gleich, welche Folgen das für sie selbst haben würde. Allein, um Helen zu befreien.

»Oh, Mann. Wir waren so verdammt nah dran, Seghetti.« Lucy legte für den Bruchteil einer Sekunde ihren Kopf auf seine Schulter. Instinktiv wollte Seghetti ihre Locken mit seiner Hand berühren, ihr Halt geben, doch dann zuckte er zurück. »Ja, das waren wir, Chefin. Und wir beide werden dafür sorgen, dass er nicht noch einmal davonkommen wird. Ich verspreche es Ihnen. Und gleich kommt der Espresso.« Er drehte sich um und lief mit schnellen Schritten den Flur entlang.

Lucy sah ihm einen Moment lang nach. Viel zu müde, um an irgendetwas denken zu können, als plötzlich ihr iPhone summte. Eine WhatsApp-Nachricht leuchtete auf. Sie kam von einem befreundeten Arzt aus dem Polizeilabor, Dr. Julius Katz. Lucy kniff die Augen zusammen und las: »KOLLEGIN IN DER CHARITÉ SAGT: REINHARDS ZUSTAND STABILI-

SIERT SICH: ER KOMMT DURCH. LÖSCH DAS SOFORT. SCHWEIGEPFLICHT.« Wenige Sekunden später folgte eine zweite Nachricht: »UND NOCH ETWAS: BLEIB TAPFER!«

-51-

Die zwei Männer und die Frau, die am frühen Morgen aus Sadiks Büro herauskamen, kannte Lucy aus dem Fernsehen. Es waren der Regierende Bürgermeister von Berlin, die Innensenatorin und der Polizeipräsident. Sadik hatte sie zur Tür gebracht und sich wortreich verabschiedet, er war genauso aufgewühlt wie vorhin. Lucy und Seghetti hatten die wenigen Stunden seither so gut genutzt, wie es nur ging. Nun war es Zeit, Sadik detailliert Bericht zu erstatten, so wie er es in der Nacht gefordert hatte.

»Sie sehen müde aus, Chef. Richtig dunkle Augenringe.« Seghetti sah seinen obersten Vorgesetzten mit wahrem Mitgefühl an.

Sadik verzog seinen Mundwinkel nur schwach nach oben. »Was glauben Sie, mein lieber Seghetti, warum das wohl so ist, hä? Das sind keine dunklen Augenringe. Ich stamme zu einem Drittel von Waschbären ab. Dämliche Kommentare von Ihnen, Seghetti! Das Letzte, was ich jetzt noch brauchen kann! Mann oh Mann!«, fauchte er Seghetti an. Dann wandte er sich unvermittelt Lucy zu.

»Was wissen wir, Frau Westerberg? Stammen die Haare auf dem Auto von Reinhards Tochter?« Lucy sah Seghetti aus dem Augenwinkel an, bevor sie sich Sadik zuwendete.

»Sehr wahrscheinlich. Das Haarbüschel ist rot getönt. Und es ist ziemlich verklebt. Irgendwie harzig, eine ölartige, zähe Masse, die Kriminaltechnik ist noch dran.«

Sadik blickte auf einen kleinen braunen Fleck auf seinem Hemd. »Warum hinterlässt der Wolf ein solches Haarbüschel?«

»Reinhard hatte ihm 50.000 Euro versprochen, wenn er einen weiteren Hinweis auf seine Tochter erhält. Der Wolf hat sein Versprechen eingehalten.«

Sadik lächelte gequält. »Das hat er. In der Tat. Mit einer grausamen Zugabe für den Geldgeber. Lässt sich mit dem, was wir haben, jetzt der Todeszeitpunkt von Reinhards Tochter bestimmen?«

Seghetti ergriff das Wort. »Das wissen wir überhaupt nicht. Das Stück Kopfhaut kann gekühlt gewesen sein oder eingefroren, sie kann auch noch leben. Mehr ist mit Gewissheit noch nicht zu sagen.«

»Die Kriminaltechnik, die Kriminaltechnik!, ich kann es nicht mehr hören«, äffte Sadik seine beiden Kollegen nach.

Lucy räusperte sich und sah Sadik an. »Wir müssen unbedingt abwarten, was das für eine Flüssigkeit im Haar ist. Und dann müssen wir überlegen, welche möglichen Verstecke der Wolf benutzen kann.«

Sadik schien endgültig die Geduld zu verlieren. »Na wunderbar. Und was machen wir dann? Sollen wir schon einmal 10.000 Durchsuchungsbefehle bei der Staatsanwaltschaft drucken lassen, Frau Westerberg? Die drei Herrschaften hier haben sowieso schon gerade eben mit mir vor Freude Tango getanzt. Ich mache es kurz, Kollegen: Sie beide sind den Fall los. Sie sind durch Ihre Tochter persönlich betroffen, Frau Westerberg. Helen ist ein mögliches, ich würde eher sagen wahrscheinliches Opfer. Und Sie beide hatten Ihre letzte Chance. Tut mir leid, aber das sind die Regeln unseres Geschäfts.«

Lucy wusste, dass Sadik genau diese Entscheidung hatte treffen müssen, und nickte stumm. »Lassen Sie mich zumindest kurz nachdenken, was die Polizei noch tun kann, wenn wir das Laborergebnis haben, Herr Sadik. Mehr verlange ich nicht mehr von Ihnen.«

Sadik stieß sich mit beiden Händen von seinem

Schreibtisch ab, sein Bürostuhl rollte mit voller Wucht in Richtung der Wand zurück. »Also gut, Kollegen. Diese eine Spur noch, dann übermitteln Sie mir das Laborergebnis und verabschieden sich danach endgültig vom Wolf. Die Uhr tickt noch ein wenig weiter für Sie. Noch. Aber wenn diese letzte Zeit abgelaufen ist, kann ich Ihnen auch nicht mehr helfen!«

Lucy und Seghetti verließen mit hängenden Köpfen Sadiks Büro. Als sie auf dem Flur standen, klingelte Lucys iPhone, Dr. Oster war dran. Lucy hörte im Hintergrund Gläserklirren und Gemurmel.

»Und, Frau Kommissarin? Haben Sie den Anschiss des Kriminaldirektors überstanden und suchen schon nach einer neuen beruflichen Herausforderung?«

»Woher wissen Sie das, Dr. Oster?«

»Ach, Frau Westerberg, kommen Sie. Fast 40 Dienstjahre, da weiß man, was als Nächstes kommt, oder? Wobei: Eins muss ich sagen: So wie Sie und Ihr italienischer Gigolo diesen Fall in die Grütze geritten haben, das hat schon etwas Pikantes. Aber Spaß beiseite: Kann ich noch etwas tun in Ihrer Sache?«

Lucy wusste nicht, ob sie auflegen und sich zutiefst über Osters Unverschämtheiten ärgern oder ihn angesichts der ausweglosen Lage um Hilfe bitten sollte. Sie überlegte ein paar Sekunden. »Da ist etwas, Dr. Oster. Im Haar von Sophie Reinhard wurde eine zähe, ölige Substanz entdeckt. Die LKA-Experten untersuchen das noch. Denken Sie mal darüber nach, was das mit unserem Fall zu tun haben könnte.«

»Klingt beim ersten Hören ziemlich seltsam, Frau Westerberg. Ich weiß nicht, was das mit dem Wolf direkt zu tun haben könnte. Aber lassen Sie mich einmal überlegen bei einem guten Glas. Ich melde mich!«

-52-

Lucy wusste genau, dass dies ihre endgültig letzte Aufgabe bei der Jagd nach dem Wolf war. Das Labor von Dr. Julius Katz war in einem Nebengebäude des LKA untergebracht, er erwartete sie bereits. Lucy kannte das Prozedere. Ausgiebige Händedesinfektion, blaue Plastiküberzieher, die sie über ihre Schuhe streifen musste, dazu ein weißer Overall aus groben, widerborstigen Plastikfasern und zum Schluss ein Mundschutz. Wie absurd, um ein einziges Haarbüschel zu begutachten, dachte Lucy noch.

Dr. Katz ließ nicht lange auf sich warten und führte sie direkt in einen der großen Laborräume. Da lag es, in einer blitzenden Aluminiumschale, die das grelle Deckenlicht dutzendfach spiegelte. Gegen die mögliche Verwesung war die Haarsträhne zusammen mit dem Stück Kopfhaut vakuumiert und in flüssigem Stickstoff schockgefroren worden. Ein seltsames kleines Paket, um das herum eisige Schwaden waberten, lag nun vor Lucy und dem Mediziner.

»Darf ich?«, fragte Lucy, als sie beide direkt über der Schale standen. Lucy hielt mit einer Zange in der Hand das Päckchen gegen das Deckenlicht. Es leuchtete rotlila und erinnerte Lucy an ihr geliebtes Kaleidoskop, mit dem sie als Kind so gerne gespielt hatte und bei dem sie, wenn sie die bunten Kristalle schüttelte und wieder und wieder ins Sonnenlicht hielt, immer neue geometrische Figuren entdecken konnte. Es war ein endloses Spiel gewesen, das ihr nie langweilig geworden war. Dr. Katz sah ihr schweigend zu, ohne sie aus den Augen zu lassen. »Was kannst du mir sagen, Julius?«

»Hm. Das ist Öl im Haar, ganz ohne Zweifel. Welches Öl genau, das müssen wir noch mit ein paar Analysen herausfinden. Raffiniert? Unraffiniert? Mit Zusätzen? Ohne? Wir sind mitten in der Arbeit. Das dauert aber höchstens noch ein paar Stunden.«

»Oh, Julius. Die Zeit rennt uns davon. Geht das nicht schneller?«

»Es tut mir leid, Lucy. Die Extraktion dieser Stoffe dauert ihre Zeit. Wir können hier nicht hexen und leider auch keine Toten erwecken. Obwohl Sadik das von uns manchmal am liebsten verlangen würde.«

Er strich mit einer Pinzette vorsichtig über ein kleines Stück des eingeschweißten Hautfetzens. »Und das hier ist ganz eindeutig ein Stück Kopfhaut, und bevor du fragst: Klares Ergebnis der DNA-Analyse von Haar und Haut, beides stammt von Sophie Reinhard.«

»Hat er sie skalpiert, was meinst du?«

»Kann sein, muss aber nicht«, sagte Katz trocken.

Lucy hielt sich den kleinen Beutel ein Stück näher vor ihr Gesicht. Etwas in ihr schien zu arbeiten, sie war tief in Gedanken versunken. »Was sagst du zu dieser seltsamen Farbe?«

Katz lächelte sie müde an. »Also, wenn du mich so fragst: viel zu grell. Persönlich würde ich es nicht tragen wollen. Aber du willst etwas ganz anderes von mir hören, ich weiß. Es ist eine ganz normale Tönung. So etwas hält relativ lange im Haar. Aber über dieses Themengebiet weißt du als Frau sowieso mehr als ich.« Katz fuhr sich mit seiner Hand über den Schädel. Er war fast kahl, seinen verbliebenen graublonden Haarkranz hatte er auf wenige Millimeter gekürzt. Lucy schüttelte amüsiert den Kopf. »Danke dir, Julius. Bitte melde dich, wenn du mehr weißt.«

»Für dich und Helen tun wir alles, Lucy, das weißt du doch. Ich drück dir die Daumen für all das, was noch auf dich zukommt.« Ihre Sorge um Helen war grenzenlos, sie fürchtete, die Kontrolle über sich zu verlieren. In ihrem Kopf pochte es – als ob unablässig dunkle Wellen gegen das Innere ihres Schädels anbrandeten.

-53-

Lucy war nach den Treffen mit Sadik und Dr. Katz nach Hause gefahren. Sie brauchte dringend eine Dusche und etwas Frisches anzuziehen. Gerade als sie sich ein neues T-Shirt gegriffen hatte, hupte es vor ihrem Haus. Nach ein paar Sekunden Pause schon wieder. Länger dieses Mal. Und dann noch ein drittes Mal – jetzt war Lucy endgültig verärgert. Wer zum Teufel machte solchen Lärm? Sie zog sich das T-Shirt über den Kopf und eilte zum Fenster. Vor ihrem Haus parkte ein dunkelgraues 3er BMW-Coupé. Sie ahnte, wer das sein musste. Und schüttelte den Kopf, als sie sah, dass sie recht gehabt hatte. Es war Dr. Oster, der aus dem Wagen stieg.

»Guten Tag, Frau Oberkommissarin. Kommen Sie

raus! Ich habe eine Idee für Sie! Beeilen Sie sich und steigen Sie ein. Los, los. Tempo!«

Lucy räusperte sich verärgert. Was führte Oster nun wieder im Schilde? Schnell knöpfte sie ihre Jeans zu, rannte die Treppe herunter, zog halb im Laufen ihre Chucks an und ließ die Tür ins Schloss fallen.

»Andere würden klingeln, aber das würde einem so berühmten, ehemaligen Oberstaatsanwalt nicht im Traum einfallen, was Herr Dr. Oster?« Oster hatte nun eine riesige Pilotenbrille mit pink-blauer Tönung und goldenem Rahmen aufgesetzt.

»Ich bin untröstlich, aber wir haben keine Zeit für Plaudereien, werte Frau Oberkommissarin. Ich sollte für Sie nachdenken, Frau Westerberg! Ich habe für Sie nachgedacht! Und zwar schnell, logisch und äußerst präzise. So wie die Welt mich kennt. Irgendjemand muss ja diesen Fall noch voranbringen, stimmt's?«

Lucy verzog spöttisch den Mund nach oben. »Bescheiden wie immer, Herr Doktor. Wo fahren wir jetzt hin?«

»Dorthin, wo sich vielleicht eines der Rätsel um Sophie Reinhard lösen lässt. Es dauert höchstens eine halbe Stunde. Und das Beste ist: Sie sind angemeldet, Frau Westerberg.« Oster sah sie mit einem leicht höhnischen Lächeln an, wie Lucy fand, und ließ die Nadel seines Drehzahlmessers stets in den roten Bereich zucken, bevor er in den nächsten Gang schaltete. Es war nicht das erste Mal, dass Osters Dreistigkeit sie verstummen ließ.

Oster fuhr so schnell er konnte durch die Straßen Berlins. Doch auf einmal wurde seine Fahrt gestoppt. »Verdammter Mist!«, zischte er leise durch seine blendend weißen, dritten Zähne. Sie waren parallel zu den Bahngleisen gefahren und wurden nun von mehreren Polizeiautos und Krankenwagen überholt, die einige Hundert Meter vor ihnen zum Halten kamen. Es dauerte ein paar Minuten, bis sie endlich vorbeifahren konnten. Dann bot sich ihnen ein grausames Bild: Eine S-Bahn war auf freier Strecke zum Halten gekommen. Auf der Vorderseite des Wagens waren überall Blutspritzer zu sehen. Zwei Sanitäter und ein Notarzt standen neben der Bahn und blickten auf zwei grüne, neonfarbene Turnschuhe, die neben den Gleisen lagen. Einige Fahrgäste sahen den drei Männern aus der S-Bahn heraus angsterfüllt zu, zwei Jugendliche filmten das Geschehen mit ihren Handys. »Verdammte Gaffer!«, sagte Oster und ließ die Reifen quietschen, als sie endlich an den Rettungswagen vorbei konnten.

Oster hatte trotzdem Wort gehalten. Nach nicht einmal 30 Minuten und ohne irgendeines der Tempolimits auf dem Weg durch Berlin zu beachten, hielt er vor einem großen braun-schwarzen Bürohaus. Lucy sah den Berliner Bären von Weitem auf dem weißen Emaille-Schild am Haupteingang. Eine Behörde des Senats. Oster hielt direkt vor dem Haupteingang. Lucy konnte die Schrift nun entziffern. »Vermessungsamt Berlin-Mitte«, stand da in schwarzen Buchstaben direkt unter dem Bären, der nach Lucys Geschmack auf allen Schildern und Logos immer ein wenig zu korpulent wirkte.

»Oster, was frage ich Sie überhaupt? Sie lieben es, mich in Spannung zu versetzen. Aber trotzdem: Was muss ich als Nächstes tun?«

»Kommen Sie ganz einfach mit, es ist alles vorbereitet«, sagte Oster mit einem leicht triumphierenden Ton in seiner Stimme.

Beide gingen durch den Haupteingang, Oster nahm zwei Stufen auf einmal und öffnete eine Tür, ohne auch nur anzuklopfen.

»Hallo, meine Teuerste!« Er umarmte eine junge Frau.

»Ah, Guten Tag, Herr Dr. Oster! Da sind Sie ja wieder«, sagte die Frau – sichtlich erfreut, ihn wiederzusehen. Sie hatte ihre langen blonden Haare zu einem Pferdeschwanz gebunden und trug einen schwarzen Rollkragenpullover. Sie schien Oster ganz offensichtlich gut zu kennen, während sie Lucy nur für einen Sekundenbruchteil ein unscheinbares Nicken zuwarf.

»Und das ist Ihre Mitarbeiterin, Herr Oster, von der Sie gesprochen hatten?«, sagte die Frau zu Lucy gerichtet. Lucy kochte vor Wut. Sie eine Mitarbeiterin von Oster? Lucy zog eine Augenbraue hoch. Was für ein dreister Typ, dieser Oster, dachte sie, entschied sich aber, sich ihren unbändigen Ärger nicht anmerken zu lassen.

»Können wir, meine Liebe?«, fragte Oster die junge Frau und zeigte auf den großen Konferenztisch, vor dem die drei nun standen.

»Aber sehr gerne, Herr Oberstaatsanwalt. Ich habe alles schon vorbereitet.«

Die Frau drehte sich um, an den Wänden standen gewaltige graue Aktenschränke. Blitzschnell zog sie eine der Schubladen auf und nahm zwei große Papierrollen heraus, die sie auf den Tisch legte und vor ihnen ausbreitete.

Lucy sah sich die Papiere an. Ein Wirrwarr von Linien, Zeichen, Zahlen und Punkten.

»Was soll das sein, Herr Oster?« Lucy sah ihn fragend an.

»Passen Sie jetzt ganz genau auf, Frau Westerberg. Eine ölige Substanz war im Haar des Mädchens. Warum nicht Heizöl? Oder Motorenöl?« Er sah sie eine Spur zu selbstsicher an, wie sie fand. »Auf diesen Listen des Bau- und des Gewerbeamts hier sehen sie alle Häuser verzeichnet, in denen noch eine Ölheizung läuft und auch Werkstätten oder Industriebetriebe, in denen im weitesten Sinne Öl benutzt werden könnte. Kfz-Werkstätten, Schlossereien, Maschinenbaufirmen und so weiter. Ich habe vorhin schon einmal mit den Experten hier telefoniert: Nehmen wir die westlichen Bezirke, in denen wir den Wolf und sein Versteck vermuten, dann kommen wir auf gut 1.000 Adressen.«

Lucy zuckte mit den Schultern. »Eine absolute Schnapsidee, Herr Oster. Ist das Ihr Ernst? Bis wir die alle durchsucht haben, vergehen Wochen. Wo sollen wir denn Ihrer Meinung nach anfangen?«

»Das müssen Sie mit Sadik ausmachen. Ist wie gesagt

nur ein Vorschlag. Und kein ganz so schlechter, angesichts Ihrer äußerst misslichen Lage, wie ich finde.« Oster wandte sich ganz der jungen Frau zu. »Das sehen Sie doch auch so, meine liebreizende junge Kollegin, stimmt's?« Oster lächelte sein breitestes Lächeln mit seinen falschen Zähnen. Die junge Frau drehte schüchtern den Kopf zur Seite.

Lucy schüttelte den Kopf. »Ich weiß nicht, Herr Oster. Bringt uns das irgendwie weiter?«

Plötzlich klingelte ihr Handy, noch einmal war Dr. Julius Katz dran. Er klang ziemlich aufgeregt, wie Lucy fand. »Hör jetzt gut zu«, sagte er atemlos. »Wir sind ein Stück weiter, Lucy. Das Öl aus der Haarsträhne ist endlich extrahiert. Und jetzt kommt es!« Katz machte eine kurze Pause. Lucy merkte, wie die Ungeduld in ihr aufbrauste. »Es ist kein normales Öl, kein Heiz- oder Schmieröl. Es ist etwas, das nur noch selten benutzt wird. Nämlich sogenanntes Heißdampföl.«

»Davon habe ich noch nie gehört. Wer benutzt denn so etwas?«, fragte Lucy.

»Das ist natürlich schwierig zu sagen, so etwas brauchen eigentlich nur noch Industrieunternehmen, das wirst du in einem Wohnhaus kaum finden.« Dann erklärte er ihr noch etwas zu der Besonderheit des Öls.

Lucy begann in Gedanken zu versinken. »Ich danke dir, Julius. Das hilft. Vielleicht sehr sogar«, sagte sie nach kurzem Zögern. Schließlich legte sie auf und ging einen Schritt näher zum Konferenztisch. Energisch rollte sie die Papierrollen zusammen, nahm sie in ihre Hände und ging mit ihnen in Richtung der Tür.

»Hey, einen Moment bitte«, sagte die junge Frau. »Das können Sie doch nicht machen und die einfach so mitnehmen!«

Lucy ließ sich nicht beirren. »Oster! Sagen Sie ihr bitte, was ich als …«, sie machte eine Pause, »… als Ihre Mitarbeiterin gerade tun kann und was nicht. Und dann kommen Sie zu mir raus und fahren mich direkt ins LKA. Und zwar sofort!«

-54-

Seghetti saß in seinem Büro, er rauchte eine Muratti ohne Filter und sah aus dem Fenster. Das strikte Rauchverbot in allen Berliner Behördenzimmern kümmerte ihn nur ab und zu. Er hatte ihr den Rücken zugedreht und reagierte nicht, als Lucy näherkam. Zweimal klopfte sie auf den Türrahmen, langsam, wie in Zeitlupe, dann drehte er sich endlich um. Auf seinem Kinn wucherten die schwarzgrauen Bartstoppeln. Noch immer hatte er denselben Anzug und dasselbe Hemd von gestern an. Mit seinen tiefen Augenringen sah er fast zehn Jahre älter aus, fand Lucy, die nicht zu wagen fragte, was er die Nacht über getrieben hatte.

Lucy packte die Rolle mit den Plänen des Vermessungsamts auf einen kleinen Konferenztisch. Dann fasste sie sich ein Herz und sah ihn an: »Seghetti, Dr. Oster hat uns auf einen vielleicht entscheidenden Weg gebracht, wie wir den Wolf doch noch finden können. Sie haben ja mitbekommen, dass an Sophie Reinhards Kopfhaut Öl klebte. Wir können inzwischen relativ genau eingrenzen, wo und wonach wir suchen müssen. Vor allem, weil es ein sehr spezielles Öl ist, ein sogenanntes Heißdampföl. Wir müssten Gewerbe- und Industriebetriebe, die irgendwie mit solchen Ölen zu tun haben, durchsuchen: Auto-Werkstätten, Installateure, Dreher und Schlossereien. Alles, was mit Hydraulik und Ähnlichem zu tun hat.«

Seghetti stöhnte kurz auf und zog ein letztes Mal tief an seiner Zigarette, bis ihm die Glut fast Daumen und Zeigefinger verbrannte. Schließlich drückte er die Zigarette auf einer dreckigen Untertasse aus, auf der schon ein gutes Dutzend Kippen lag. Lange sagte er nichts, stattdessen strömte der Rauch langsam aus seinen Nasenlöchern vor ihn auf die Platte seines Schreibtisches. Er ähnelte einem fauchenden Drachen, dachte

Lucy, als er sich endlich doch noch regte. »Hm. Den Laborbericht kenne ich auch schon, Chefin. Wissen Sie was? Ich sag's ganz kurz und unverblümt: Kommen Sie mir bitte nicht mit dieser Öl-Geschichte. Wir sind raus aus der Nummer. So was von raus. Das Mädchen hatte Öl an der Kopfhaut, na und? Könnte ein Zufall sein, oder? Könnte irgendwo draufgetropft sein, richtig? Ein Tröpfchen Öl. Frittenöl? Motoröl? Nähmaschinenöl? Oder wie heißt das Zeug? Heißdampföl? Pah! Spielt keine Rolle, oder?« Seghetti machte eine verächtliche Handbewegung und zündete sich schon die nächste Muratti an. »Heißdampföl. Das benutzt doch theoretisch jeder zweite Handwerker. Steht doch auch so im Bericht, korrekt?« Lucy nickte stumm.

»Wir bräuchten etwas Belastbares, Chefin. Dann wären wir mit Sadik wieder im Geschäft. Aber nicht nur ein kleines, trübes Tröpfchen Öl, sondern eine große, klare Spur, verstehen Sie? Sadik hat jetzt schon den Polizeipräsidenten und die Innensenatorin an seinem Hintern kleben. Und für Sie und mich hat unser letztes Stündlein bereits geschlagen. Also fahndungstechnisch. Warum habe ich die ganze Nacht hier verbracht? Ich sag's Ihnen: Weil ich nachgedacht habe, was wir noch für Helen tun können und wie wir irgendwie auch nur ein kleines Stückchen vorankommen. Seghetti schlug mit der flachen Hand auf den Schreibtisch und traf dabei fast die Untertasse vor sich. »Aber ich komme auf nichts und das macht mich völlig fertig, verstehen Sie?«

Lucy sah ihn an und war nicht mehr fähig, auch nur ein einziges Wort zu entgegnen.

»Wir brauchen den einen, den überzeugenden Beweis, wo der Wolf ist, Frau Westerberg. Dann schickt Sadik sofort mehrere Polizei-Hundertschaften durch Berlin und lässt, wenn es sein muss, mit Räumpanzern alles niederwalzen, bis wir ihn endlich in die Ecke getrieben haben und die Mädchen befreien können! Verstehen Sie? Aber genau das fehlt uns!«

Lucy nickte stumm. Sie fühlte sich wie gelähmt, packte ihre Rollen mit den Plänen zusammen und verließ ohne ein weiteres Wort sein Büro. Langsam drehte sich Seghetti in seinem Bürostuhl wieder in Richtung des Fensters um und schüttelte den Kopf. Lucy ging direkt zum Ausgang. Sie hatte eine Idee, von der sie selbst nicht wusste, ob sie einfach nur naiv und abwegig war oder ob dies die letzte Chance bedeuten könnte, die Mädchen zu retten. Nur in einem war sie sich sicher: Das, was sie nun vorhatte, sollte ohne Seghetti geschehen. Er sollte nicht unnötig in die Sache hineingezogen werden.

Unten vor dem Haupteingang des LKA wartete noch immer Dr. Oster in seinem BMW. Er ließ die Scheibe herunter, als er sie sah: »Na, immer noch beste Stimmung im LKA? Jetzt schauen Sie doch nicht so. Wir kriegen das noch hin, Frau Westerberg.« Lucy stieg ein und ließ sich in den Beifahrersitz fallen. Oster ließ den Motor an und fuhr los in Richtung Bahnhof Zoo. »Keine Chance, von Sadik irgendwelche Durchsuchungsbefehle zu bekommen, was? Und der kleine Italiener lässt Sie jetzt auch noch im Stich?« Oster sah sie spöttisch an, als er einen vor ihnen fahrenden Lastwagen überholte.

»Sie sind ein Hellseher, Oster!« Lucy schüttelte entnervt den Kopf. »Wenn Sie mir helfen, dann sehen wir uns jetzt die Firmen und Werkstätten im Westen der Reihe nach an. Sind Sie dabei, Oster? Ziehen wir beide das jetzt alleine durch?«

Oster sah sie von der Seite an. »Sie wissen, was das bedeuten kann, Frau Westerberg? Sie sind dann endgültig Ihren Job los. Und ich meinen tadellosen Ruf. Aber ich sage Ihnen noch etwas. Etwas, was ich vor niemandem sonst zugeben würde: Der Wolf hat mich nie losgelassen. Dass er immer noch zuschlägt, ist meine bitterste berufliche Niederlage, und deshalb werde ich Ihnen helfen, so gut wie ich kann.«

»Danke Oster. So wie Sie kann auch ich nicht anders! Ich muss es tun!«, sagte Lucy und sah ihn verzweifelt an. »Der Wolf hat meine Tochter in seiner Gewalt, verstehen Sie?«

Oster musste scharf abbremsen, als ihn ein Motorradfahrer von rechts überholte. »Verdammte Scheiße! Ich verstehe vieles nicht. Aber das mit Ihnen? Das verstehe ich, Frau Westerberg. Pfeifen wir auf Ihre Karriere und meinen guten Ruf! Los geht's. Wo fangen wir an? Ich sag's Ihnen: Am besten dort, wo es Kellerräume gibt, in denen er die Mädchen versteckt haben könnte. Die werden uns auch ohne Durchsuchungsbefehl irgendwie schon reinlassen, die ach so freundlichen Handwerker von Berlin.«

Sie hatten fast den Bahnhof Zoo erreicht. Lucy drehte sich zu ihm hin. »Danke, Herr Dr. Oster. Starten wir gleich. Aber vorher muss ich noch kurz etwas anderes überprüfen. Wenn Sie mich hier bitte aussteigen lassen und einen Moment warten?« Sie zeigte mit dem Finger auf die große Europa-Einkaufspassage am Breitscheidplatz. Oster bremste ab und setzte den Blinker. »Wie bitte? Sie wollen jetzt in die Einkaufspassage und ein bisschen shoppen, oder was?« Doch bevor er seinen Satz beendet hatte, war Lucy schon ausgestiegen und in Richtung des Haupteingangs gelaufen. Sie verschwand in einem Drogeriemarkt. Ungläubig sah Oster ihr hinterher. »Versteh' einer die Frauen«, sagte er noch zu sich selbst und wartete.

-55-

Nach gut 20 Minuten war sie zurück. In einer Hand trug Lucy eine große, braune Papiertüte, auf der das Logo des Drogeriemarkts aufgedruckt war. Oster hatte inzwischen eine Liste für den ersten Stadtteil vorbereitet. In Steglitz sollte es losgehen. Insgesamt kamen dort 28 Firmen in Frage. Meistens Kleinbetriebe. »Fangen wir mit dem hier an. Die Schlosserei Griep in der Kastanienstraße«, sagte Oster und zeigte auf den obersten Namen. Er hatte bereits den Motor aufheulen lassen, und sie erreichten in wenigen Minuten ihr Ziel.

»Lassen Sie mich mal machen, Frau Westerberg«, sagte Oster und grinste Lucy an. Dann stiegen sie beide aus seinem BMW und gingen zielstrebig in die kleine Werkshalle, in der ein älterer Mann und zwei Lehrlinge an einer Art Schornstein schweißten und hämmerten.

»Oster! Guten Tag, die Herren, meine Kollegin und ich sind von der Polizei Berlin.« Der ältere Herr, offensichtlich der Meister, klappte seine Schweißerbrille hoch. »Wat jibt et denn?« Er war sichtlich verärgert, dass die beiden ihn bei seiner Arbeit unterbrochen hatten.

»Nichts Schlimmes. Aber wir müssten uns schnell mal Ihre Kellerräume und das Lager ansehen. Wir haben

Öl im Grundwasser von Steglitz gemessen und müssen den möglichen Verursacher finden. Also, können wir?« Oster sah Lucy herausfordernd an, die von seiner erneuten Dreistigkeit schlicht verblüfft war.

»Muss det wirklich sein? Det fehlt mir jerade noch. Die Polizei im Haus.«

Oster sah ihn streng an. »Ja, det muss! Könnte sonst teuer für Sie werden und ganz schön unangenehm, Meister!«

Der Mann drehte den Gashahn des Schweißgeräts zu. »Also jut. Micha, dann zeig den Herrschaften mal det Janze.« Einer der beiden Lehrlinge holte sich vom Schlüsselbrett einen gewaltigen Bund mit großen Schlüsseln und deutete nach vorne zur Kellertreppe.

Es roch nach Schimmel, als Lucy und Oster dem Mann folgten. Eine Reihe von Drehmaschinen und Bohrern stand an der Kellerwand. Alles bedeckt mit einer dichten Lage Staub und einem öligen Film. Als Lucy das Ende des Ganges erkennen konnte, zuckte sie zusammen. Sie sah die massive Eisentür, an deren Türklinke ein T-Shirt hing. Bedruckt mit einem kleinen Rosenmuster. Zerfetzt, mit dunklen Flecken übersät. Das T-Shirt eines Mädchens, kein Zweifel. War das nur ein Zufall oder doch eine Spur?

»Können wir da mal rein?«, fragte Lucy den Mann, der ihr ohne zu murren die Tür aufschloss. Sie und Oster sahen sich um – keine Spur von den Mädchen.

Den restlichen Nachmittag über kontrollierten die beiden Betrieb nach Betrieb, Keller nach Keller. Nirgendwo gab es auch nur den geringsten Verdacht, dass irgendjemand Sophie, Helen oder irgendein anderes Mädchen dort eingesperrt haben könnte.

Oster und Lucy machten Pause vor einem Spätkauf. Die ermüdende und ergebnislose Suche hatte sie zunehmend entmutigt. Beide tranken einen schwarzen Kaffee ohne Zucker und schwiegen. Oster hatte sich noch eine kleine Flasche Doornkaat dazugekauft, die er in geübter Manier einhändig aufschraubte und dann einen mächtigen Schluck nahm. Es begann leicht zu schneien.

»Das ist so unglaublich frustrierend, Herr Oster. Wenn wir so weitermachen, brauchen wir mehrere Tage, bis wir alle Betriebe überprüft haben. Hat das alles überhaupt einen Sinn?«

»Sie haben recht, Frau Westerberg. Aber eine andere Chance sehe ich für Sie und Ihre Tochter momentan nicht.«

Lucy sah ihn verbittert an. Doch dann regte sich in ihr etwas.

»Oster! Einen Moment! Lassen Sie uns für heute noch einen Mann in Augenschein nehmen. Auf ihn hätte ich auch früher kommen können. Verdammt noch mal!« Lucy warf ihren leeren Pappbecher wütend in den Mülleimer neben ihr.

»Ich bin dabei, Frau Westerberg. Verraten Sie mir auch, wen Sie im Sinn haben?«

»Mache ich. Kai Graven, der Vater von Lisa Graven, dem zweiten Opfer.«

»Graven? Der arbeitslose, schwer depressive Vater? Warum der denn noch?« Oster leerte die kleine Flasche Doornkaat in einem letzten, gewaltigen Zug.

»Genau der. Momentan ist er arbeitslos. Aber vorher war er Ingenieur. Und tätig im Bereich Maschinenbau.«

»Verdammter Mist, Frau Westerberg! Den sollten wir in der Tat noch mal schnell besuchen gehen.« Oster zog geräuschvoll die Nase hoch und spuckte in den Schnee. »Los geht's! Schnell!«

-56-

Oster steuerte seinen BMW voller Entschlossenheit durch die Straßen. Die Nachmittagsdämmerung hatte schon eingesetzt, der Schnee fiel nun in immer dicke-ren Flocken. In weniger als einer Viertelstunde hatten die beiden Gravens kleines Büro in einem heruntergekommenen Gewerbegebiet von Steglitz erreicht. Das Haus war aus aschgrauem Klinker erbaut worden und hatte fast ebenso dunkle Dachziegel. Direkt vor der Garageneinfahrt stand ein alter Ford Escort, eine kleine, schillernde Öllache hatte sich vor dem Auto gebildet. Oster stellte den Motor ab, er hielt gut 50 Meter vor dem Haus.

»Ok, Frau Westerberg. Jetzt gilt es. Alles oder nichts. Er scheint zu Hause zu sein. Also lassen Sie sich etwas einfallen, damit wir einen Blick in sein Büro werfen können.«

»Kein Problem, Herr Oster. Passen Sie auf: Sie geben gleich ein bisschen Gas, wenn ich es sage. Wir inszenieren einen kleinen Unfall vor seinem Haus. Sie rammen sein Auto. Nur ganz leicht. Fahren Sie ihm eine kleine Beule in die Stoßstange. Klingeln Sie, verwickeln Sie ihn in ein Gespräch und sorgen Sie dafür, dass er nicht ins Haus zurückgeht. Und vor allem eins: Stellen Sie sicher, dass er nicht die Polizei ruft. Bieten Sie ihm notfalls Bargeld, verstanden?« Oster nickte. »Ich bin bereit, Frau Westerberg. Und keine Polizei.« Er zwinkerte ihr zu. »Ist nach dem kleinen Doornkaat auch in meinem Interesse.«

»Gut, dann wollen wir mal. Ich gehe in den Garten nach hinten. Ich melde mich per WhatsApp, wenn es losgehen kann!« Lucy räusperte sich kurz und stieg aus, dann lief sie in Richtung des Hauses.

Sie versteckte sich hinter zwei Tannen im hinteren

Teil des Gartens. Von dort aus konnte sie ihn direkt sehen: Graven war zu Hause. Inzwischen war es ganz dunkel geworden. Nur im Erdgeschoss brannte Licht. Graven saß vor seinem Laptop. Den Kopf in beide Hände gestützt. Ein elendes Bild, wie Lucy fand. Es konnte losgehen. Sie schickte Oster eine WhatsApp:

»ALLES BEREIT«.

Danach dauerte es nur ein paar Sekunden. Die Lautstärke des Knalls überraschte sie. Auch Graven hatte in seinem Büro den Aufprall gehört, als Oster gegen sein Auto gefahren war. »Mann oh Mann«, Lucy fluchte leise. »Wir wollten keinen Totalschaden, Oster!«

»Oh je! Mein Gott, ich Idiot!« Sie hörte den pensionierten Staatsanwalt von der Vorderseite des Hauses aus theatralisch schreien. Bisher lief alles nach Plan.

Endlich stand Graven von seinem Laptop auf, nachdem Oster an seiner Tür geklingelt hatte.

»LOS!«

Oster hatte geantwortet. Sie konnte endlich starten, bückte sich und schlich in Richtung der schmalen Kellerfront. In der einen Hand hatte sie eine kleine Taschenlampe, die sie mit einer schnellen Handbewegung andrehte. Eines der Kellerfenster hatte einen kleinen Sprung. Noch einmal sah sie sich um, ob einer der Nachbarn sie beobachten würde, aber alles blieb still, und niemand war zu sehen. Rasch leuchtete sie in die Kellerräume. Im ersten lag nur ein Stapel dreckiger Wäsche, ansonsten war nichts zu sehen. Aus der Entfernung hörte sie, wie Graven mit Oster erregt diskutierte. »Verdammt noch mal!«, konnte Lucy Graven sagen hören. Es schien hitzig zwischen den beiden hin- und herzugehen. Das ein oder andere Schimpfwort folgte. Sie schlich weiter an der Hauswand entlang und leuchtete in das nächste Kellerfenster, zögerte dann und wollte erst nicht glauben, was sie gesehen hatte. Leuchtete wieder hinein in die Ecke, war sich erst unsicher, sah ein drittes Mal hin und erschrak nun endgültig. In einer der Ecken war auf dem Boden offenbar ein menschlicher Körper abgelegt worden, zumindest war ein Haarschopf zu sehen, mit langen blonden Haaren. So wie Helen sie nun seit Neuestem trug. Lucy wollte schreien, zwang sich dann aber eisern zur Ruhe und überlegte, was sie tun sollte. Sie musste da hinein. Sofort.

Sie zog sich ihre Lederhandschuhe an und ging zu der kleinen Fensterscheibe mit dem Sprung. Es war nur eine Einfachverglasung, leicht einzudrücken. Vor dem Haus war es nun wieder stiller geworden. Würde Oster Graven weiter aufhalten können?

Gerade, als Lucy die Scheibe eindrücken wollte, leuchtete ihr iPhone auf.

»GEFAHR!«

Lucy fluchte leise. Sie drückte mit beiden Händen auf die obere Ecke des Fensterrahmens, der Riss an der Seite wurde größer. Mit einem ganz leisen Knacken platzte das Glas endlich auf. Hatte Graven etwas davon mitbekommen? Mühsam versuchte sie, ihre Furcht zu unterdrücken.

Von außen zog sie den Fensterhebel aus Metall herunter. Mit einem Ruck sprang das Fenster auf. *Welche Wahl hast du noch? Setze jetzt alles auf eine Karte und rette die Mädchen, Lucy!* Dann ließ sie sich langsam am Fensterrahmen hinuntergleiten, bis sie merkte, dass ihre Fußspitzen auf dem blanken Kellerboden Halt gefunden hatten. Endlich war sie drin.

-57-

Lucy zückte ihre Walther, mit einem Klick zog sie den Schlitten der Pistole nach hinten. Die Patrone war nun im Lauf und die Waffe durchgeladen. Einen Moment lang versuchte sie, sich an die Dunkelheit im Keller zu gewöhnen. Sie wagte es nicht, ihre Taschenlampe anzuknipsen. Was, wenn die Mädchen vor Furcht laut schreien und Graven sie alle entdecken würde? Sie ging ein paar Schritte in den Raum hinein und sah sich um. Hier standen Maschinen, so hoch wie ein ausgewachsener Mann, manche mit gewaltigen Bohrern, andere mit Kurbeln und Gewinden, alles überzogen von einem staubig-dunstigen, braunschwarzen Film, an dem sich Spinnweben angeheftet hatten, die im Lauf der Zeit durch die Luft geflirrt waren. Doch sonst war da nichts.

Sie ging zur nächsten Tür, ohne zu ahnen, wie viele Zimmer das Kellergeschoss hatte. Wieder eine Meldung auf ihrem iPhone:

»WEG!«

Lucy seufzte tief. Selbst Oster schien nun nervös zu werden und Graven nicht mehr aufhalten zu können.

Wenigstens noch ein paar Sekunden. Zumindest den Raum nebenan musste sie sich noch ansehen, der, in dem sie von außen den Kopf mit den blonden Haaren gesehen hatte. Was, wenn die Mädchen dort gefangen waren? Wenn Helen dort lag? Vielleicht betäubt? Vielleicht schon längst tot? Wie in Zeitlupe drückte sie die Türklinke der Holztür herunter und fluchte leise. Abgeschlossen. Doch sie zögerte keine Sekunde. Wofür hatte sie jahrelang Fußtritte im Polizeisport geübt, wenn nicht für diesen Moment? Sie nahm einen Meter Anlauf und trat die Tür ein. Krachend zersplitterte diese in der Mitte und sprang dann auf. Vielleicht würden ihr nur noch wenige Sekunden bleiben. Den Tritt und das Zerbersten der Tür hatte selbst Graven auf der Straße kaum überhören können. Trotzdem ging sie in den Raum hinein und bebte vor Schreck: der Haarschopf mit den blonden Haaren an der Wandseite war seltsam zur Seite verdreht. Im fahlen Licht näherte sie sich, dann atmete sie tief aus, als sie erkannt hatte, was sie da vor sich sah. Es war ein runder, weißer Kopf mit Augen, mit einem Mund und einer Nase, aber alles nur in Konturen angedeutet.

Lucy trat näher und ärgerte sich über sich selbst. Es war nur ein Styroporkopf, auf den eine blonde Perücke gestülpt worden war. Er musste von einem der kleinen Tische an der Seite heruntergefallen sein. Sie sah sich weiter um. An einer Wand war ein Kleiderständer mit Röcken, Blusen, geblümten Kleidern. In einem Regal lagen Hüte, Sonnenbrillen, Schmuck. Außerdem hochhackige Schuhe, Ballerinas, ein paar Ledersandalen. War das alles, was von Lisa Gravens kurzem Leben übrig geblieben war?

Lucy drehte sich zur anderen Seite des Raums um und stutzte. Noch ein Regal. Alles war identisch. Die gleichen Kleider, die gleichen Hüte und auch die gleichen Schuhe. Aber alles war auch gleichzeitig anders. Sie war verblüfft und ließ ihre Blicke immer wieder hin- und herwandern, denn was auf der einen Seite in einer Größe für Mädchen hing, hing auf der anderen Seite mit gleichem Aussehen in einer Größe, in die ohne Zweifel ein ausgewachsener Mann passen würde. Lucy nahm einen der Pumps in die Hand und sah hinein. Größe 47,5 stand in der Innenseite des Schuhs. Es schauderte sie. Hatte Graven hier eine Art Schrein für seine Tochter errichtet, wollte er so das ausgelöschte Leben seiner

Tochter selbst weiterleben? Lucy wurde in diesem stickigen Keller immer unheimlicher zumute.

Die Zeit drängte. Beim Hinausgehen sah sie schließlich schräg hinter der Tür einen kleinen Kinderwagen. Sie blickte hinein. Im Halbdunkel konnte sie eine Babypuppe erkennen, am Oberkörper ein dunkles Loch, der Puppe fehlte ein Arm. Am anderen Arm trug sie eine kleine Kette. Lucy durchfuhr es heiß. Eine Kette, wie das kleine Baby sie getragen hatte, das sie neulich mit ihrer Mutter fast überfahren hatte. Eine Kette, die dem Muster ähnelte, das Lisa Gravens Mörder ihr zusammen mit ihrem Vornamen um das Handgelenk geritzt hatte. Buchstaben, wie sie der Wolf der kleinen Ina Berger auf ihrem Pony eingeritzt hatte? Lucy durchfuhr es eiskalt.

In ihrer Jackentasche vibrierte es. Eine weitere WhatsApp von Oster.

»RAUS!«

Und zwei Sekunden später noch eine.

»JETZT!«

Im Moment, in dem sie die Türklinke vorsichtig anfasste, hörte sie schon ein Knacken von oben. Mechanisch. Kurz. Ein dünner Lichtstrahl fiel vom Erdgeschoss in Richtung der Kellertreppe. Wieder ein Knacken. Sekunden später war der ganze Keller hell erleuchtet. Sie hatte keine Chance mehr. Sie schloss ihre Augen. Es war zu spät. *Oh mein Gott, Lucy. Es ist aus. Ist das alles wahr?*

Graven war mit wenigen Schritten die Treppe heruntergekommen. In der Hand einen Hockeyschläger und jederzeit bereit zuzuschlagen. »Wer ist da?«, brüllte er heiser und panisch. Lucy lehnte sich erschöpft gegen die Wand. Schnell steckte sie ihre Walther hinten in den Hosenbund und nahm beide Hände hoch. Sie wusste, dass sie hier nicht mehr unentdeckt herauskommen würde.

»Schon gut, Herr Graven. Ich bin es!« Lucy sah in sein tiefrotes Gesicht.

Er zitterte, dann ließ er den Hockeyschläger sinken. »Was zur Hölle …?« Gravens Stimme stockte, und er sah sie staunend an.

»Ich will ehrlich mit Ihnen sein, Herr Graven. Es hat ja nun keinen Sinn mehr, Sie zu belügen. Wir hatten einen konkreten Verdacht gegen Sie. Aber nun weiß ich, dass Sie nicht der Wolf sind.«

Er sah Lucy beklommen an, deutete auf die Kleider und Schuhe im Kellerraum. »Sie haben es entdeckt. Finden Sie, dass ich krank bin?«

»Das liegt nicht an mir, das zu beurteilen, Herr Graven. Aber ich weiß selbst nicht, ob und wie ich den Tod meiner eigenen Tochter jemals überwinden würde. Entschuldigen Sie bitte, dass ich hier bei Ihnen eingedrungen bin. Für alle Schäden werde ich natürlich aufkommen.«

»Ich weiß noch nicht, wie ich darauf reagieren soll, Frau Westerberg. Immerhin sind auch Sie aufgrund ihrer Tochter Helen von seinem Irrsinn betroffen, berichten die Medien.« Graven zögerte einen Moment. Er schien nach den richtigen Worten zu ringen.

»Er hat mich wieder und wieder kontaktiert. Botschaften hinterlassen. Mir gedroht, still zu sein. Es ist so furchtbar.« Graven lehnte sich gegen die Kellerwand. Lucy sah ihn voller Mitleid an. »Was ist so furchtbar, Herr Graven?«

»Meine Tochter war, kurz bevor sie ermordet worden war, schwanger. Ungewollt. Eine Teenager-Schwangerschaft. Ein Unfall, Sie verstehen? Sie entschied sich für eine Abtreibung. Kurz nach dem Eingriff entwickelte sie aber schwerste Depressionen und musste lange in der Klinik bleiben. Er hat immer mich verdächtigt, dass ich sie zur Abtreibung gedrängt hätte. Dass ich sie vergewaltigt hätte. Aber das war nicht so, ich schwöre es. Und dann …« Er stockte und konnte vor Furcht kaum weitersprechen, »… dann hat er sich meine Tochter geschnappt und sie bestialisch ermordet. Die eingeritzten Buchstaben bei dem Mädchen mit dem Pony waren eine Warnung an mich, Ihnen nichts zu verraten. Nicht zu verraten, dass der Wolf mich noch immer bedroht.«

Lucy sah Graven in die Augen. Am liebsten hätte sie ihn in den Arm genommen, diesen völlig gebrochenen Mann.

»Sie haben recht, Herr Graven. Die eingeritzte Kette war ein Zeichen und eine Warnung an Sie.« Aber mir ist in den letzten Stunden noch etwas anderes klargeworden: Was momentan auch alles geschieht, der Wolf steckt nicht dahinter. Sondern jemand ganz anderes! Und deshalb bitte ich Sie inständig: Lassen Sie mich gehen, trotz des Unrechts, das ich Ihnen angetan habe und hier eingedrungen bin. Lassen Sie uns das bitte alles korrekt regeln, wenn Zeit dafür ist!«

Graven sah sie mit einem schwachen Lächeln an und deutete die Treppenstufen entlang. »Gehen Sie! Bitte! Und versuchen Sie alles, um die Mädchen doch noch zu retten!«

-58-

Sie sah seinen Schatten im Gegenlicht. Seghetti stand völlig außer Atem schon oben auf dem Gehweg, als Lucy aus Gravens Kellergeschoss die Treppe hochkam. Oster hatte ihn in seiner Verzweiflung angerufen. Hektisch rauchte der alte Staatsanwalt eine filterlose Camel.

»Oh, Chefin. Er hat mich alarmiert. Ich bin so schnell gekommen, wie ich nur konnte. Alles okay mit Ihnen?« Seghetti sah sie besorgt an.

»Schon gut, Kollege. Nichts passiert da unten. Das hat Zeit für später. Sie wissen, dass ich dienstlich und offiziell gar nicht hier bin. Und Sie sollten das auch nicht sein. Wenn Sie mir trotzdem jetzt noch helfen wollen, Seghetti, dann ist das Ihre eigene Entscheidung, okay?«

»Verstanden, Chefin. Ich lasse Sie jetzt nicht im Stich. Nicht jetzt!« Seghetti nickte ihr aufmunternd zu.

»Das weiß ich sehr zu schätzen, glauben Sie mir. Lassen Sie uns jetzt ruhig überlegen, Seghetti«, sagte Lucy. »Graven scheidet als Mitwisser aus. Ich vertraue ihm – vor allem nach all dem, was sich da unten gerade abgespielt hat. Kann ich noch mal die Akte zu Gravens Tochter sehen?«

»Aber klar, Chefin.« Seghetti tippte den vierstelligen Code in sein iPad und reichte es Lucy. Sie wischte hektisch durch die Seiten, bis sie das Verzeichnis über Lisa Gravens Ermordung erreicht hatte. Konzentriert überflog sie die Zeilen.

»Lisa Graven war im alten Krankenhaus von Werder, weit draußen vor Berlin, als Schwester beschäftigt. In der Kinder- und Jugendpsychiatrie.«

Seghetti und Oster sahen sie fragend an.

»Ja und, Chefin?« Seghetti verstand nicht, worauf sie hinauswollte. »Und von wem war der Wolf zunächst behandelt worden, als er sich vor der Mordserie wegen psychischer Störungen behandeln lassen musste?« Sie tippte Seghetti mit dem ausgestreckten Finger auf sein grünes Samtjackett. »Genau von ihm! Von Dr. Flemming! Und er praktizierte auch dort als Psychiater. Also kennt der Wolf die alte Klinik.«

Oster sah Lucy und Seghetti sorgenvoll an. »Sie meinen das alte Gemäuer aus der Kaiserzeit, das vor mehreren Jahren endgültig geschlossen wurde und seither vor sich hinrottet, weil es keinen neuen Investor für dieses Gebäude gibt und es niemand kaufen will, weil der ganze Laden total asbestverseucht ist?«

»Richtig, Oster! Genau den meine ich. Wir können nicht nur Flughäfen nicht fertigbauen. Wir können auch alte Sachen nicht mehr abreißen. Sehen Sie sofort nach, ob es auch in unserem Verzeichnis vom Vermessungsamt steht!« Hektisch faltete Oster seinen Plan auseinander und ging die Reihe mit dem Zeigefinger durch. »Aber ja! Da haben wir es. Klinik Werder. Im Keller gibt es eine alte Ölheizung mit mehreren Tanks und Kesseln und auch …«, er zögerte und kniff die Augen zusammen, »… offenbar noch eine alte Dampfturbine. Das sind keine 15 Minuten von hier!«

»Dann nichts wie los!«, sagte Lucy.

Nur Seghetti schien noch zu zögern. »Aber das ganze Gelände ist abgeriegelt. Da kommt keiner mehr rein! Das ist abgesperrt wegen Einsturzgefahr!

Lucy sah ihn voller Entschlossenheit an. »Wir müssen es schaffen, Kollege! Wir müssen!« Lucy atmete hörbar schwer aus. »Ich bin ganz sicher, der Wolf und die Mädchen sind dort zu finden.«

-59-

Seghetti gab mit seinem Alfa Romeo auf dem Weg zur alten Klinik so oft es ging Vollgas. Es dauerte nur gut 30 Minuten, dann kam das alte Krankenhaus schon in Sichtweite. »Tonto, ignorante!«, fluchte Seghetti und überholte in einer Einbahnstraße einen Rentner in seinem Opel Corsa, der bereits 100 Meter vor einer roten Ampel vom Gas gegangen war.

Die Reifen quietschten, als er in die breite Allee einbog, die zur Klinik führte. »Merda! Vecchia scema!«, schrie er plötzlich, als er vor einem Zebrastreifen eine Vollbremsung machen musste. Eine Frau mittleren Alters hatte sich in die Mitte gestellt, ihre Arme ausgebreitet und wartete nun, bis eine Gruppe von gut 20 Kindergartenkindern in neongelben Leuchtwesten die Straße Hand in Hand in Zweierreihen zu passieren begann. »Bambini! Bitte! Tempo! Tut es für mich, für euren Onkel Enzo!« Seghetti lächelte die Erzieherin gequält an, aus seinen Augen sprach grenzenlose Ungeduld, und mit seinen beiden Zeigefingern trommelte er wütend auf die hölzernen Speichen seines Sportlenkrads. Endlich hatte das letzte Kind den Zebrastreifen passiert. Mit voller Wucht trat Seghetti in seinen lila Wildlederslippern aufs Gaspedal. Kurz drehten die Hinterreifen durch, die Kinder schrien laut auf vor Angst. Seghetti und Lucy ließen sie in einer grauschwarzen Wolke aus verbranntem Gummi zurück.

Endlich erreichten sie die letzte Kurve vor der Einfahrt zur Klinik. Hinter dem Hauptgebäude sah Lucy, wie die Wintersonne rasch unterging. Gegenüber, auf der anderen Straßenseite, spielten ein paar Kinder mit einer rostigen Cola-Dose Fußball. Immer wieder traten sie dagegen und versuchten, sie in ein kleines Tor aus zwei kaputten Einkaufswagen zu treten.

Seghetti fuhr mit dem Alfa direkt vor das Eingangstor, das mit einer schweren, rostigen Eisenkette verschlossen worden war. Der Zaun rundherum war mit Stacheldraht gesichert, er erkannte sofort, dass er viel zu hoch war, um darüber zu klettern. Beide waren ausgestiegen, sahen sich an, wechselten kein Wort und wussten dennoch instinktiv, was zu tun war. Seghetti stieg wieder in seinen Alfa, fuhr ein Stück zurück auf die Straße, wendete, legte den Rückwärtsgang ein und gab erneut Vollgas. Mit einem ohrenbetäubend dumpfen Schlag prallte der Alfa gegen das Tor, das sofort nachgab und mit beiden Flügeln nach hinten aufschwang. Die Heckscheibe von Seghettis Alfa ging zu Bruch, Glassplitter regneten auf den Weg. Aber sie waren drin.

-60-

Sofort zogen beide ihre Waffen und rannten in Richtung des Hauptportals. Inzwischen war auch Oster mit seinem BMW angekommen und blieb draußen stehen, um die beiden bei möglicher Gefahr alarmieren zu können. Der Asphaltweg war voll tiefer Risse und Schlaglöcher. Lucy rüttelte an den Türen und Fenstern, sie waren alle verschlossen, oder ohnehin zugemauert. Auf den Fensterbrettern hatte sich Rattenkot angesammelt, aus einigen Mauervorsprüngen ragten kleine Birken. Es war, als ob die Natur schleichend wieder verdecken wollte, was sich hier zuvor an grausamen Schicksalen abgespielt haben musste.

Als sie den Haupteingang erreicht hatten, hielt Lucy für einen Moment den Atem an, um besser hören zu können, was da vor sich ging. War das ein Schrei gewesen? Sie war sich eigentlich sicher gewesen. Doch nun herrschte erneut Stille. Waren es doch die fußballspielenden Kinder von gegenüber gewesen? Sie blickte hinüber zu ihnen. Aber die Kinder waren längst verschwunden. Wie sollten sie und Seghetti jetzt in das Gebäude hineinkommen? Lucy ging zur linken, Seghetti zur rechten Seite der Klinik. Lucy spürte, wie die Verzweiflung in ihr hochstieg.

Viele der Fensterscheiben in den oberen Stockwerken waren eingeschlagen worden. Irgendwo musste doch ein Weg hineinführen. Eine offene Tür, eine Lücke im Mauerwerk, nur nicht aufgeben. Sie schlich an der zugemauerten Fensterflucht entlang. Auf dem Boden lagen eine verdreckte Jeans und eine gebrauchte Spritze. Sie stoppte abrupt, als sie die Ecke des Seitenflügels erreicht hatte. Hinter einigen Büschen sah sie einen rostigen Handlauf, ein Geländer schien in die Tiefe zu führen. *Geh weiter, Lucy! Geh weiter! Da runter!*

Sie merkte, wie das Blut in ihren Schläfen pochte. Als sie näher kam, sah sie, dass eine kleine rissige Betontreppe nach unten abging, einige der oberen Stufen waren schon abgebröckelt. Die Dämmerung nahm immer weiter zu, und sie konnte nicht mehr klar erkennen, wo die Treppe endete.

Langsam nahm sie Stufe um Stufe und erschrak zutiefst. Denn erneut glaubte sie, aus der Ferne einen alles erschütternden Schrei zu hören. Und dieses Mal war sie sich sicher, dass er aus dem Inneren der Klinik gekommen sein musste. Sie hatte das Ende der Treppe erreicht, unten auf dem Boden war es feucht und rutschig. In den Ecken roch es scharf nach Urin. Als sie vor der Tür stand, sah sie vor sich das Gerippe eines Vogels liegen. Zur Hälfte abgenagt, an der anderen Hälfte und an einem der Flügel hingen noch ein paar verklebte Federn. Sie sah sich die Tür an, die nicht zugemauert war. Nur zwei Holzbretter waren davor genagelt. Lucy steckte ihre Walther in die Jackentasche.

»Hilf mir, Seghetti!«, zischte sie, als sie merkte, dass ihr Kollege seine Suche auf der anderen Seite aufgegeben hatte und zu ihr geeilt war.

Gemeinsam stemmten sie sich gegen eines der Bretter. Splitternd zerbrach es. Noch einmal wandten sie all ihre Kraft auf und lösten auch das zweite. Dann holte Seghetti Anlauf und warf sich mit seinem ganzen Körpergewicht gegen die Tür. »Ah! So ein Mist, komm schon!« Er stöhnte voller Schmerz auf. Die Tür hatte standgehalten. Er versuchte es auf andere Weise, stellte sich dieses Mal auf sein linkes Bein und trat dann mit voller Wucht mit dem rechten gegen die Tür. Mit einem Ruck sprang sie auf.

Seghetti ging vor. Es war fast ganz dunkel im Inneren. Er machte die kleine Lampe seines Handys an und sah nach vorne. Der Akku zeigte nur noch zehn Prozent. Lucy folgte ihm und zielte mit ihrer Waffe hilflos ins Dunkel. Auf dem Boden lagen zerbeulte Bierdosen und Zigarettenstummel. Neben einigen angerosteten Metallschüsseln und einer leeren Infusionsflasche konnte Lucy eine alte, verdreckte Kinderpuppe auf dem Boden erkennen, die keine Kleider mehr anhatte und deren Plastikkopf ein großes Loch an der Stirn hatte. Seltsam, wie die Puppenaugen ins Nichts zu starren schienen, dachte sie noch, bevor ihr Seghetti ein Zeichen gab, ihm endlich weiter zu folgen.

Von der Decke tropfte es. »Verdammt!« Seghetti fluchte leise. Er hatte sich den Fuß verstaucht. Als er an sich heruntersah, merkte er, dass er in einen Abfluss getreten war, auf dem kein Deckel mehr saß. Er biss die Zähne zusammen und humpelte weiter nach vorne, während Lucy versuchte, ihm Deckung zu geben. Es ging um jede Minute, falls die Mädchen wirklich hier drinnen zu finden waren.

Mühsam tasteten sie sich nach vorne. Draußen war es inzwischen vollkommen dunkel geworden. Ein fahles, graues Licht schien in den Kellergang. Lucy hörte in der Ferne ein paar Polizeisirenen. Beide gingen weiter den Flur entlang. Seghetti deutete mit einem Fingerzeig nach oben. Lucy wusste sofort, was er damit andeuten wollte. An der Decke liefen massive, rostige Heizungsrohre entlang, nur noch an manchen Stellen waren sie isoliert. Der Rest war löchrig und abgefressen. Es war ein Festmahl für die Ratten gewesen, deren Kot sie überall auf dem Boden entdecken konnten. Der Geruch danach wurde, je weiter sie sich in das Gebäude vortasteten, immer stechender. Lucy war sich sicher, dass sie nur diesen Rohren folgen müssten, um dann zum Heizungskeller zu gelangen. Dort, wo auch die alte große Dampfturbine noch stehen musste.

Zögernd gingen sie weiter ins Dunkel. An den Seiten sahen sie große, metallene Schränke mit riesigen Schubladen und Handgriffen. Viel zu groß für Aktenschränke, dachte Lucy. Eine der Schubladen stand einen Spalt offen, darin befestigt waren zwei massive Metallschienen und eine Art Bahre. Lucy dämmerte es, wovor sie da gerade standen: Es waren die Kühlfächer, in denen früher die Leichen aufbewahrt worden waren.

Lucy musste vor Ekel würgen und spuckte aus. Ein paar Fäden eines Spinnennetzes hatten ihr den Mund verklebt. Ihr war übel. Sie schlichen weiter, in stetiger Anspannung gingen sie den Gang entlang. Er glich einem gigantischen Labyrinth aus verwinkelten, zellenartigen Räumen. Einige von ihnen hatten Eisentüren, andere ähnelten Verschlägen, die nur mit durchlässigen Toren aus ein paar Holzlatten verschlossen waren. Wahrscheinlich bloße Kellerräume, in denen zu Klinikzeiten irgendetwas gelagert worden war.

Seghetti und Lucy wurden immer nervöser. Dann stockte ihnen der Atem. Beide blickten fast zeitgleich in einen der Kellerverschläge und in ein paar Augen. Lucy brauchte nicht lange, um zu erkennen, wer da vor ihnen an Armen und Beinen mit Klebeband gefesselt lag: Es war Helens Schulfreundin Alexia Limbach. Seghetti schnitt rasch das Klebeband durch und bedeutete dem zitternden Mädchen, still zu sein und sich nicht wegzubewegen. Lucy und er mussten weiter vordringen in dieses düstere Labyrinth.

Nun waren sie endgültig auf der richtigen Fährte. Der Wolf musste hier sein, und Seghetti und Lucy gingen weiter nach vorne. Schließlich hatten sie das Ende des Korridors erreicht. Der Gang führte um eine Ecke, dorthin, wo es vollkommen dunkel war. Nun gab Seghetti Lucy Feuerschutz, als sie vorwärts drängte. Nachdem sie drei Schritte nach vorne gegangen war und in die Weite des Raumes sah, der sich vor ihnen auftat, merkte sie, dass sie direkt vor drei großen Heizkesseln stand. Daneben sah sie das gewaltige Rad einer Maschine und einen verrosteten Antriebskolben. Das musste die alte Dampfturbine der Kinderklinik sein. Sie ging in Richtung der Turbine und erschrak plötzlich so sehr, dass sie unbändige Willenskraft aufbringen musste, um nicht lauthals aufzuschreien. Sie fühlte sich, als ob ihre Beine und Arme vor lauter Furcht zu Säulen aus Eis erstarrt waren.

-61-

Seghetti zögerte keine Sekunde und wagte sich näher heran. An der Turbine kauerte ein zitterndes Etwas. Er sah in ihre Augen. Direkt vor ihm und Lucy lag eine Gestalt mit angezogenen Beinen, ihre Hände waren auf dem Rücken an die Eisenstäbe der ölverschmierten Turbine gefesselt. Die langen Haare hingen ihr strähnig herunter. Die Beine waren übersät mit roten Striemen und noch frischen Schürfwunden an den Knien. Als Lucy sie genauer ansah, merkte sie, dass sie eine mehrere Zentimeter breite, blutende, eiternde Wunde an einer Kopfseite hatte. Dem Mädchen fehlten dort ein Stück Haar und ein Stück der Kopfhaut. Sophie Reinhard lebte.

Schnell befreite Seghetti sie. Das Mädchen wollte schreien, doch sie war dazu außerstande, so voller Furcht und so kraftlos war sie. Lucy beugte sich zu ihr hinunter, sah in ihre mutlosen Augen und konnte erahnen, welch entsetzliches Leid ihr hier unten im Keller angetan worden sein musste. Lucy erschrak, als sie sah, dass Sophie eine Zwangsjacke trug. Wie in Trance öffnete sie die einzelnen Schnallen, mit denen Sophie die Hände brutal auf den Rücken gebunden worden waren, und befreite sie. Seghetti stützte Sophie, um Lucy dabei zu helfen.

»Sophie! Alles wird gut!«, flüsterte Lucy. »Wir sind von der Polizei. Wir werden dir helfen und dich hier rausbringen, verstehst du?« Sophie nickte völlig entkräftet mit dem Kopf.

»Sag uns bitte: Kennst du Helen? Ist sie auch hier? Hast du hier noch ein anderes Mädchen gesehen?« Erst jetzt bemerkte sie, dass die Zwangsjacke mit den Fotos blutverschmierter, offensichtlich endlos gequälter Mädchen übersät war, deren Bilder mit Sicherheitsnadeln befestigt worden waren. Sophie fielen immer wieder die Augen zu, sie versank für Sekunden in einer Ohnmacht. Auf dem Boden bemerkte Lucy eine Blutlache. Das Mädchen war offensichtlich nicht mehr in der Lage zu sprechen, geschweige denn zu verstehen, was hier vor sich ging. Lucy befürchtete, dass Sophie das nicht mehr überstehen würde, sollte noch mehr Zeit verstreichen.

Sophie öffnete ihren Mund, doch sie konnte sich nicht mehr verständlich machen.

»Hast du einen Mann hier gesehen? Ist Eric Bennett hier?« Sophie blickte apathisch auf den Boden. Lucy versuchte, die in ihr aufkommende Furcht mit aller Macht zu unterdrücken. *Mein Gott, Lucy. Was war hier Entsetzliches geschehen? Und wo konnte Helen sein?*

Plötzlich durchfuhr es sie und Seghetti. Erst hatten sie es nur kurz gehört. Doch nach einer kurzen Pause waren sie wieder da. Nun lauter und, was beide so sehr beunruhigte, in einem rasanten Stakkato. Jemand kam ihnen aus der Finsternis des Ganges entgegen. Sie hörten Schritte. Lauter und immer lauter, schneller und schneller.

-62-

Lucy und Seghetti drückten sich mit dem Rücken an die kahlen Wände. Beide suchten verzweifelt Deckung hinter den Heizkesseln. Würde einer von ihnen mit einer Lampe ins Dunkel leuchten, würden sie innerhalb von Sekundenbruchteilen zu einfachen Zielen. Die Schritte waren deutlicher zu hören. Und dann, ganz plötzlich, stand er nur noch wenige Meter vor ihr. Lucy erkannte ihn sofort wieder. Er war es. Sie sah in seine Augen. Der Wolf.

Er kam weiter auf sie zu. Näher und immer näher. Er hatte eine Pistole in der Hand und zitterte. Lucy stockte der Atem. »Lassen Sie sie fallen, Bennett!«, schrie Lucy energisch in die Dunkelheit. »Ich weiß, dass Sie dieses Mal unschuldig sind und dass Sie es dieses Mal nicht waren!« Bennett sah durch sie hindurch in die Ferne, Lucy merkte, dass seine Augen seltsam glasig aussahen. Sie war sich nicht sicher, ob er sie überhaupt verstanden hatte. Mit einer ruckartigen Bewegung hob er die Waffe ein Stück höher und stöhnte. Plötzlich ließ er sie fallen.

Auf einmal wurden Lucy und Seghetti von etwas überrascht, mit dem sie niemals gerechnet hätten. In dem Moment, als die Pistole mit einem lauten metallischen Klacken auf den Kellerfliesen aufgekommen war, löste sich ein Schuss. Aber nicht aus der Pistole des Wolfs. Instinktiv gingen Lucy und Seghetti zu Boden, um sich zu schützen. Lucy dröhnten die Ohren. Erst als sich der Nachhall gelegt hatte, blickte sie wieder auf. Der Wolf stand vor ihr, noch ein paar Meter war er auf sie zugekommen und stöhnte verzweifelt auf. Aus seinem Mund quoll Blut. Erst ein paar Tropfen, dann immer mehr, in immer schnelleren, druckvollen Stößen. Er wankte, lehnte sich gegen die Mauer und sackte schließlich vor Lucy und Seghetti zusammen.

»Ts, ts! Also wirklich!« Lucy erschauderte, als sie plötzlich aus dem Dunkel heraus eine dunkle Männerstimme hörte. »Frau Westerberg! Eigentlich waren Sie es doch, die diesen Job hätten übernehmen sollen! Ich habe hier schließlich genug zu tun und muss mich um die Mädchen kümmern, finden Sie nicht?« Seghetti hatte sein Handy wieder in die Hand genommen und leuchtete den Gang entlang. Lucy kam die Stimme bekannt vor. Sehr bekannt.

Mit zwei langsam gesetzten Schritten trat ein groß gewachsener Mann mit schwarzem Haar in den Lichtkegel. Es war Dr. Leonard Flemming, der Psychiater. Lucy sah ihn entsetzt an, denn mit einem festen Griff hatte er ihre Tochter Helen am Arm gepackt und richtete einen Revolver direkt an ihre Schläfe. Flemming versteckte sich halb hinter einem Eisenträger. Er hatte zu viel Deckung, um ihn niederzuschießen. Nur manchmal kam er hervor, mit Helen direkt vor ihm. Lucy konnte erkennen, dass Helens Mund mit grauem Klebeband verschlossen worden war. Mit angsterfüllten Augen blickte sie ihre Mutter an. Helens Arme waren auf dem Rücken gefesselt, auch sie trug eine Zwangsjacke.

Mach jetzt keinen Fehler, Lucy! Was immer du auch gleich tun wirst: Dein nächster Schritt entscheidet über Leben und Tod. Über deines. Und vor allem über das deiner Tochter! Kein Fehler! Sonst gehen wir hier alle drauf! Hat Seghetti eine Chance und drückt ab?

Flemming versuchte, auf sie zuzugehen. Er zielte weiter direkt auf Helen, während Lucy und Seghetti beide mit entsicherter Waffe auf Flemmings Kopf hielten. Wer würde als Erster die Nerven verlieren?

»Bevor wir hier in Richtung Finale voranschreiten, liebe Frau Westerberg, gestatten Sie mir noch eine Frage. Woher wussten Sie, dass unser lieber Freund, der Wolf, unschuldig war?«, fragte Flemming spöttisch. Lucy räusperte sich kurz, sah ihm in die Augen und ließ ihre Waffe keinen Millimeter sinken.

»Sie haben Bennett benutzt, ihn aus der Psychiatrie entführt, ihn unter Drogen gesetzt und erpresst, um ihm all das hier anzuhängen. Und wir sollten Ihnen das alles glauben? Dass der Wolf den Pfleger, Heiner Abt, getötet hat? Dass er nun die Mädchen in seiner Gewalt hat? Tja, Doktor. Sie empfinden sich als wahnsinnig gerissen, als über den Dingen schwebend. Und doch haben Sie einen kleinen, aber entscheidenden Fehler begangen. Und zwar, als Sie Reinhard die Haarlocke übergeben haben. Sagt Ihnen der Name ›Indianischer

Sommer Nummer 32‹ etwas?« Lucy sah ihn mit einer Mischung aus Zorn und Grauen an. Flemming zuckte mit den Schultern und lächelte schwach.

»Sie mögen in gewissen Bereichen sehr intelligent und eine Kapazität als Wissenschaftler sein. Aber als Mann wissen Sie eben leider manche Dinge nicht, die nur wir Frauen wissen. Die Tönung ›Indianischer Sommer Nummer 32‹ und ihr spezieller Farbton, den Sophie in den Haaren trug, war nur wenige Monate auf dem Markt. So etwas wechselt sehr oft. Immer wieder bringen die Hersteller neue Varianten heraus. Genau das habe ich in einer Drogerie überprüft, und das hat das Labor dann auch sofort bestätigt. Zu diesem Zeitpunkt aber war der Wolf schon längst wieder in der Psychiatrie und konnte nichts mehr anrichten. Und schon gar nicht konnte er Sophie Reinhard eine Haarlocke abschneiden, auf der diese spezielle Tönung noch zu finden war! Sie waren das, Flemming! Sie hatten das Mädchen die ganze Zeit in Ihrer Gewalt und haben den Fehler begangen, nicht zu merken, dass sie ihre Haare mit etwas gefärbt hatte, was nur kurz auf dem Markt war. Der Wolf konnte das nicht gewesen sein!«

Lucy bemerkte, als sie in Flemmings Gesicht sah, wie sein Mundwinkel für den Bruchteil einer Sekunde nervös zuckte. Er packte Helen nun noch fester am Arm. Sie stöhnte kurz, aber heftig vor Schmerzen auf.

Rede weiter, Lucy. Lenke ihn ab. Sprich mit ihm. Das ist die einzige Chance. Ansonsten wird er abdrücken und deine Tochter stirbt!

»Und Sie haben noch einen zweiten Fehler gemacht, Doktor. Die Babykette. Sie hatten mit Gravens Tochter Kontakt. Sie war in der Kinderklinik Schwesternhelferin, zur gleichen Zeit, als Sie damals als Arzt beschäftigt waren.«

Flemming sah Lucy voller Verachtung an. »Sieh an! Wie furchtbar schlau! Welch ein Kombinationsgenie, die Frau Kommissarin. Aber das nützt Ihnen jetzt auch nichts mehr. Stimmt's, mein Schatz?« Er drückte Helens Gesicht nun mit voller Wucht gegen die Wand und setzte den Lauf der Pistole genau auf der Mitte ihrer Stirn an. Helen schrie voller Todesangst laut auf.

»Sie haben recht, Frau Westerberg. Der Wolf kam zu mir, er hatte schwere psychische Probleme. Er erzählte mir auch von seiner Cousine, die offenbar vergewaltigt worden war. Ich wollte sie dann an einem neutralen Ort treffen, am Crossinsee. Ich sprach mit ihr in der Fischerhütte, dann kam Bennett wieder herein und wurde plötzlich zornig. Er wollte mich töten.« Flemming sah Lucy abschätzig an.

»Und dann wurde der Mann zu Ihrem Opfer. Sie schossen ihm in den Kopf, trafen aber nicht, er überlebte und Sie sorgten dafür, dass die Polizei sofort auf seine Spur kam und ihn verhaftete, und während er im Gefängnis saß, hatten Sie die ganze Zeit Sophie in Ihrer Gewalt. War es so?«

Lucy sah Flemming fragend an, der stumm nickte. Er schien vor Wut zu kochen. Lucy hatte das dumpfe Gefühl, dass er jeden Augenblick dazu fähig sei, die

Lage außer Kontrolle geraten zu lassen. *Sprich weiter Lucy. Immer weiter.*

»Eine Frage habe ich noch an Sie, Doktor. Wer war das Mädchen, das in Ihrer Botschaft beschrieben und hier so gequält worden war, bis es schließlich Selbstmord verübte?«

Lucy kannte die Antwort bereits, aber sie wollte Flemming weiter beschäftigt halten.

Flemmings Augen verwandelten sich zu schmalen Schlitzen. »Ach kommen Sie! Frau Westerberg! Für wie dumm halten Sie mich? Das haben Sie doch längst recherchiert. Meine Schwester war in ihrer Jugend in diesem elenden Loch eine der Patientinnen. Zwangseingewiesen! Sie hatte bei den reichen Leuten im Westen manchmal als Babysitterin gearbeitet. Vergewaltigt haben sie sie, die Dreckschweine. Missbraucht! Meine Schwester! Sie hat alles aufgeschrieben. *Das Tagebuch*, dachte Lucy. *Er muss von dem Tagebuch seiner Schwester reden, in dem sie alle Verbrechen und das, was ihr angetan worden war, detailliert aufgeschrieben hatte.* Zeilen, die sie nie mehr vergessen würde.

Keine Stille mehr.
Sie nehmen euch eure Mädchen.
Und ich bin jetzt hier.
Dort, wo …«

Sofort kam Lucy nun auch das gerahmte Foto des jungen Mädchens in den Sinn, das sie in Flemmings Büro gesehen hatte. *Hier – genau hier – in der Kinderpsychiatrie, hatte es für sie keine Stille mehr gegeben. Das war die Lösung – hier hatten sich die gequälten Kinder und Jugendlichen die Seele aus dem Leib geschrien.*

Dr. Flemming sah Lucy vorwurfsvoll an. »Hier ist ihre Seele endgültig zerbrochen, und dafür haben diese reichen Säcke alle gebüßt. Und Sie von der Polizei? Sie haben nie etwas getan, um uns zu helfen. Keinem von uns.« Auf Flemmings Stirn bildete sich eine tiefe, senkrechte Zornesfalte. »Nicht meiner Schwester, nicht meiner Mutter und mir erst recht nicht! Und dafür werden Sie ebenso Ihren Preis zahlen. Stellvertretend für alle Polizisten!« Er drückte die Waffe noch fester an Helens Stirn.

Direkt hinter Lucy und Seghetti raschelte es plötzlich. Würden sie sich umdrehen, das wussten beide, würde Flemming die Chance haben, sie beide zu erschießen. Und er würde sie nutzen. Plötzlich war ein Ächzen zu hören. Es war Sophie Reinhard, die in einer letzten Kraftanstrengung aufgestanden war. Jetzt versuchte sie zu entkommen und schleppte sich zur Tür am Anfang des Korridors.

»Sophie!«, schrie Lucy. »Stopp! Mach keinen Fehler! Bleib hier!« Lucys Stimme überschlug sich. Flemming kam für den Bruchteil einer Sekunde aus seiner Deckung hervor, auch er war unruhig geworden und hatte gemerkt, dass Sophie wegzukriechen versuchte, hin zu der offenen Tür. Er zielte auf sie, gab einen Schuss ab und versuchte, die Fliehende zu treffen. Es war der Augenblick, auf den Seghetti gewartet hatte. Seghetti bemerkte, wie Flemming für einen kurzen Moment vor dem Eisenträger hervorkam, und er konnte Flemmings Schulter sehen. Wie in Zeitlupe drückte er ab und feuerte zwei Mal auf ihn. Lucy sah, wie Flemming zu Boden ging. Die Gefahr war noch lange nicht vorbei. Seghetti hatte einen Streifschuss gelandet, Flemming war nur angeschossen. Nun drückte auch sie mit unbändigem Zorn ab und traf ihn mit ihrem Schuss direkt in die Brust. Flemmings Körper versteifte sich augenblicklich, er sah sie verwundert an, so als konnte er kaum glauben, wie ihn der Tod ganz plötzlich überrascht hatte. Die Pistole fiel ihm aus der Hand. Starr lag er da, und sein Blut sickerte in einem dünnen Strahl in einen der Abflüsse vor ihm. Lucy eilte zu Helen, die sich vor Schock bebend an die Wand geduckt hatte. Von oben hörte sie Motorengeräusche und schließlich auch Stimmen. Es waren Sadik und Oster, begleitet von den Kollegen des Sonderkommandos. Rasch schloss Lucy ihre Tochter in die Arme. »Es ist vorbei! Endlich vorbei!«, sagte Lucy zu Helen. Beide mussten weinen, als die Anspannung aus ihnen wich.

-63-

»Du hast die freie Auswahl!« Lucy lächelte ihre Tochter freudestrahlend an.

»Oh echt, Mama? Na, dann bist du aber selbst schuld! Wenn das so ist, nehme ich einen mit Nutella, Banane und dazu noch Sprühsahne, bitte! Und dazu oben drauf noch bunte Streusel!« Helen hatte nicht lange überlegen müssen, als die beiden vor dem Crêpes-Wagen am Bahnhof Zoo standen.

»Oh Gott, sie macht es tatsächlich. Übelkeit inklusive.« Lucy rollte gespielt theatralisch mit den Augen und zückte ihren Geldbeutel. Nichts tat sie lieber, als ihrer Tochter einen solchen Wunsch zu erfüllen. Tap wedelte vergnügt mit dem Schwanz, sah Helen und Lucy mit seinen großen, sehnsuchtsvollen Hundeaugen an, ließ seine Zunge heraushängen und drückte sich mit seinem Bauch ganz eng an die beiden. Der Geruch von frisch gebackenen Crêpes, von Zimt und Zucker und all den anderen Zutaten war zu verführerisch.

Vier Wochen waren nun vergangen. Es würde noch viel mehr Zeit brauchen, bis Helen, Sophie Reinhard und Alexia Limbach über die grausamen Ereignisse hinwegkommen würden. Irgendwie. Alle drei hatten keine bleibenden schweren Verletzungen durch Dr. Flemming erlitten.

Stefan Reinhard hatte Lucy und Seghetti sogar noch für ihren Einsatz gedankt, das gleiche hatte Taner Sadik getan, der von Dr. Oster verständigt worden und sofort zum Tatort gerast war. Sadik hatte Lucy und Seghetti offiziell für ihren unerlaubten Alleingang abgemahnt und sie für einige Wochen vom Dienst freigestellt. Inoffiziell hatte er ihnen von Herzen gedankt, für das, was sie geleistet hatten.

Erst wenige Tage waren seit Silvester vergangen. In Berlin war es im neuen Jahr eiskalt geworden, eine leichte Schneedecke überzog die Dächer der Stadt. Abends waren Lucy und Seghetti in einer Bar am Senefelder Platz auf einen Drink verabredet. In den vergangenen Wochen hatten sich beide nicht gesehen, Zeit genug, um den Kopf wieder freizubekommen.

Seghetti saß auf einem Hocker direkt an der Bar, als Lucy den schweren dunkelroten Filzvorhang zur Seite schob, der die Gäste vor der Kälte schützen sollte. Sie ging in die Mitte des Raumes und hielt nach ihm Ausschau. Ihre Wangen wurden rosig, als sie die Wärme des Feuers spürte, das weiter hinten im Kamin der Bar loderte, aber auch, weil sie sich so freute, Seghetti wiederzusehen.

»Guten Abend, Chefin. Rotwein?«, fragte er.

»Aber gerne, Kollege.« Lucy knöpfte ihren Mantel auf und setzte sich auf den Hocker neben ihm.

Seghetti sah sie mit einem tiefen Blick an und machte eine längere Pause. »Ich habe es nicht erwartet, dass Sie Dr. Flemming sofort treffen, Chefin. Sie haben uns alle gerettet, und dafür danke ich Ihnen.« Er küsste sie auf die Wange. »Und für mich sind Sie die allerschönste Frau in der ganzen Bar.«

Lucy sah ihn entgeistert an. »Mein Gott, Seghetti. Wie enttäuschend. Von Ihnen als Italiener hätte ich aber eindeutig mehr erwartet in Sachen Komplimente!«

»Wieso das denn, Chefin?« Er zuckte mit den Schultern und sah sie unschuldig an.

»Na sehen Sie sich doch mal hier um, Seghetti. Es sind ja nur drei weitere Frauen im ganzen Raum.«

Beide sahen sich an und mussten lachen.

ENDE

DANK

Danke an Rüdiger Strempel, Oliver Wittershagen, Gunther Salazar, Birgit Schardt, Elke Molfenter. Und ganz besonders: Ezio Seghetti.